王怡 著

雙耶耳

目次

【推理名家推薦】

兩年前，我收到王怡的一篇小說〈反枕靈〉，驚為天人，立即推薦給熟識的編輯朋友喬齊安。一個月後，我收到第二篇稿子〈櫝夭〉，再次催促她完成這一系列的故事。《雙邪耳》汲取了《百鬼夜行》的風格，鎔鑄出獨特的中國風怪談，閱畢之後，我不禁想說：王怡，謝謝妳，這兩年我沒白等。

——張渝歌（作家）

四個題材迥異的除魅故事，結合神怪小說與懸疑推理的趣味……藝術才女成功的初試啼聲之作。

——林斯諺（推理作家）

反枕靈

「大千世界，三千妖靈，神鬼精怪，皆有輪渡，生而不息，死而復燃。」

——嵐三

一、雙邪耳者

生而八字輕奇，我雖並沒有一雙可以看見邪魅的陰陽眼，但是我卻總是能聽見非同尋常的聲音。嵐三曾經告訴我，可以聽見這些邪靡、陽外之陰的聲音的人擁有的是少有的「雙邪耳」者。異於「陰陽之眼」的「雙邪耳」，是以耳聞「異音」、辨鬼語。

「雙邪耳者」，為終年體寒，八字奇輕，且單耳失聰。正因其血肉之軀難以承受，所以必有一耳失聰，留有一耳聽常音。失聰之耳則會隨「雙邪耳者」的成長。開始愈漸恢復只聽「異音」之效，也難怪小時候，我一直都被同齡的孩子們嘲笑是個「半聾」。這樣的情況一直維持到隨著我越漸長大，我發現我自打出生就失聰的左耳能夠開始漸漸聽見一些莫名的聲響：比如黑夜裡如念咒般的低語、彷彿是悶在棺材裡的鳴泣、隔壁牆壁裡傳來的陣陣抓撓和肢體的撕裂聲。

在前天我回社區的路上，我一路聽著那些衣著光鮮亮麗的女人們的絮叨八卦。我的右耳自然能清楚聽見「我買的這個包可是限量……」云云此類的炫耀，左耳卻是反常的沒有尖銳的冷笑、喘氣聲，只有少見的一片寂靜之聲。唯一能夠清晰成音的只有時間的滴答聲和一聲微弱冰冷的「十三」的報數。結果第二天清晨，在社區的草叢裡就發現了那位昨天正得意誇讚她的包包的女人的屍體。而且聽發現屍體的人說，女人死得邪乎，身體上沒有絲毫被侵害的痕跡，留在女人身邊的只有她頭下枕著的枕頭，而且面容安靜得異常，人倒不像是死人，倒反而像只是陷入了沉睡。只不過這個睡覺的地方從家裡的大床變成了社區的草叢。

最讓我毛骨悚然的是，從女人死亡的時間到我聽見「十三」這個報數聲，中間正好隔了十三個小時。嵐三告訴我，我這一耳正常可聽正常之音，另一耳卻是只聽異常。一正一異，恰是矛盾的「雙邪」。至於到底是幸還是不幸，這也暫不可知，不可定論。

而我和這位突然出現的、神祕的名叫嵐三的男人的初識，正好源於這場突如其來的連環怪奇死亡案件。

二、嵐三

在離第一起社區草叢裡發現女屍後的第七天，第二具屍體出現了。仍然是和第一具屍體一模一樣的死法，員警們來來往往，封鎖現場，調查取證的當然還有那些穿著白色，像死亡幽靈般的法醫。我站在人群中，試著用那又開始躁動不安的左耳去聽聽那一陣唧唧咋咋尖銳得讓我耳膜發疼的聲音到底在講什麼。讓人奇怪的是，這次無論怎麼聽，我都聽不到清晰的字句，悶沉沉的聲響像是頭上戴套了個塑膠袋，滋啦啦在風中作響。

「我是嵐三，一個略懂怪奇方術的半吊子神棍。」背後傳來的低沉嗓音突地中斷了左耳裡模糊不清的聲音。我轉過頭，看著這位身形瘦削、面容堅毅，穿著一身黑色長風衣的青年男人。他的自我介紹和他的外形一樣簡練又讓人不可忽視。

更讓人無法忽略的是那雙目光清透、冷冽如深海海底的眼睛。

「我叫艾言寧。」我慌忙地握住突然伸過來的一雙手，很小，不太像男人的手，反倒像女人的小手掌，只是手背上結疤的S形狀的蜿蜒疤痕以及手指上包裹的層層老繭提醒著這雙手的主人也許真是個奇人。

「你是雙邪耳者。雙邪耳者，單耳如常，可聽常音，另一耳則生為失聰，隨，時日常化，失聰耳漸恢復聽覺，可聽怪異之音，如鬼泣、幽鳴，甚至是生命的計時。」他緊抿著的薄唇輕啟開合，目光如顫騰騰的冰藍鬼火。

「你我不過初次見面，你怎麼知道我是這個什麼你說的雙邪耳？」生活了這麼多年，從小被嘲諷為「半聾」的我，一直以來也是忍受到習以為常，即便到了後來左耳漸漸能聽到各種奇怪的聲響也是以為定是前世的孽緣，所以今生才會受此苦痛，所以更未對人提起，否則我該待的就應該是「精神病院」了。現今突然有人給了我一把打開這一直以來困擾我的疑惑之門的鑰匙，我竟有種緩不過來勁兒又說不出來的滋味。

「昨晚的一個夢境帶我來到這個地方，我更相信是你，是我的這雙眼睛找到了你。」他指了指雙眼。「我有部分夢境預知的能力，每當我在夢裡看見一個可以清晰到看到夢裡任何微小細節的地方的時候，這個地方則定有異變，且定會死人，必有生靈死靈作祟，或者精魂鬼魅。而我的這雙眼睛可以看到某些訊息，一種指引的訊息，當然這種時候也並不經常。所以，我找到了這裡，找到了你。剛剛和你握手時，你異於常人的體寒更讓我確信了這一點，至於我如何找到你，為什麼會找你的原因，以後你會慢慢知道。

現在，我要告訴你的只有兩件事：

一，我需要你的說明來找出並阻止這場已經開始並將繼續進行下去的怪奇連環殺人案的真相。

二，從今天開始，抱歉我要闖入你的生活，而你過去的平靜也將一去不復返了。」

但是我未曾料到的是，這個說要闖入我生活的人將要帶我步入的是另一重未知的深淵。

三、生靈

對於一個從小在孤兒院長大的人來說，看書和寫稿子支撐起了我的整個生活。十一歲始，我便開始著手寫一些怪奇的小故事寄給怪談雜誌社，故事的靈感大多數得歸功於我左耳聽見的不同異聲的內容。沉默的人總是能看見更多光投下來的黑暗，所以習慣了左耳時有時無的聲響，有時反倒覺得獨身存活了二十多年的生活也不會過於寂寥。至少我的黑夜總歸是熱鬧的，即使是許多未知幽冥之聲嘈雜起來的冷冰冰的熱鬧。

而二十四年後，一位來歷莫測，一言就道破我祕密的瘦削男子兀地出現在了我的這段生命裡，他以房客的身分在一口氣付完半年的房租後，拎著三大口箱子住進了我租的這個二室一廳的六十平米的小套間。兩口塞滿各式古書，一口箱子裡只有一截手臂粗細的黑木和一個漆皮紅的匣子。

迎接我的這位新住戶到來的歡迎禮是面前攤開的這本年久泛黃的古書，裡面的內容皆為手寫。嵐三指著書右頁的插圖，抽了口氣道：「這本書是我早期四處遊歷搜尋不同怪奇傳聞時在一個異國的廢棄小屋裡找到的。巧合的是，裡面的記錄大部分是由我們中國的古體字記錄，後面還有一些現代字體的補充和對前文的注釋和翻譯。這本書應該曾經過多次輾轉，整本書的內容記載的是一些奇聞異錄，術數……，而這次「必定」的死亡案件定脫離不了「生靈」的存在。我先前說過我有部分夢境預知的能力，我能看到某些資訊或者提示，怎麼說呢？就是一些零散的碎片，比如說這次我就看見了你，夢境裡給了我關於你的提示，所以我才找到了這裡。當然包括必定會發生的死亡。」

「什麼是必定？」我明顯感到了他在說「必定」時的一絲耐人尋味。

「小子，任何死亡都是必然，不過，偶然、意外、人為之分。但總歸殊途同歸，也都逃不了所謂的命定。現下要緊的不是在意我說的這個必定，而是這些『生靈』」。他用手扣了扣剛指著的那張插圖：

畫有點像中國古代的白描，也頗有日本浮世繪的風格。畫中描繪的是一派室內之景：屏風後的鼎，一摞書，緊鄰著書的依次放於地面上的是一隻立著的玉枕和一把帶鞘長劍。除此之外，畫中左邊還有一位梳著雙飛髮髻著長衫，漂浮於地面之上的女性靈體。

「這幅靈體畫不過就像大多數古代記載傳奇、異聞的書裡描繪的那樣，又有什麼可奇怪的？和這次已經死了兩個女人的死亡案件又有什麼關係呢？」

「書中的這一幅圖記錄的是『生靈』，雖說是自古起都有它的存在，但真正給予它一個明確記錄的是日本。你看圖中的這位女子，她面容凝重，眉頭緊鎖，雖是手捧長卷，但卻是扭頭牢牢凝視著地面。」

我仔細瞅了瞅，整幅畫雖然看似只是尋常坊間裡的靈體，但讓人注意的是她的面容，越看越覺得她愁苦的情緒和一股讓人發冷的……執著。

「所謂生靈，其實就是活人的靈魂。據說人即使仍活著，靈魂也有可能離開身體飄蕩在外，而肉體處於昏迷狀態。這種情況經常發生在嫉妒心極強或情緒激動的女性身上。她們由於長期執著於某件事，而現實中由於某種原因不能實現，達到滿足，於是她們的靈魂就會脫離肉體去完成這件事，所以生靈有明確的目的。」

「那死靈和我們所說的幽靈之間，又有什麼區別？」

「死靈，就是人死後的靈魂，而幽靈同樣如此。但是死靈尤其不同的一點是：死靈主要指人死時懷有某種怨念，以致死後靈魂不散。進而去完成生前的願望。這些在早期的《百鬼夜行》裡皆有相關記載。」

「如此說來，那這次死亡的兩個女人應該並沒有真正的死亡，只是靈魂脫離了肉體才對，那應該會是沉睡狀態啊，可是她們現在確實真真實實的死了啊！」我隱約的感到了不對勁。

「不，應該說，她們曾是生靈，但是後來卻因為不知道什麼原因變成了真正的屍體。所以在此之前，我們需要的是趕去求證幾件事，否則下一具屍體的出現也會快了。」

四、消失的生靈

離淩晨不過幾個小時了，而我們需要在淩晨到來前先確定那死去兩個女人生前的情況，有無什麼異狀，然後我們要在淩晨一點於發現她們屍體的草叢處引魂。為了節約時間，我和嵐三分別去兩個受害人家打聽情況。嵐三自然而然是以風水師的身分，而我只得腆著臉打出我小說家的身分。

這是一個沒有星月的夜晚，整個社區因為接連發生的兩起死亡案件而變得冷寂，涼幽幽的。

雖說並非是人為，但也許未知、沒有來由的「死亡」才是最讓人忌憚和害怕的吧。而發現屍體的那片草叢更是成了這幾天裡人們躲避不及的地方。冬夜特有的薄薄寒霧，讓黑夜隱去了輪廓，模糊成亂糟糟的一團。樹葉在風中颯颯作響，在霧裡隱隱約約的左搖右擺。

幽靜的樓道裡和外面的天一樣漆黑，只有我沉重的呼吸聲在攪動面前這塊濃稠得快結塊的空氣。慶倖的是我的左耳終於安分下來，沒有在這壞掉聲控燈的樓道裡再來幾聲邪魅，我勉強靠著手機裡發出的微弱藍光找到了「3015」室，也就是第一具女屍生前所住的地方。

「砰砰砰……」黑夜裡響起我鈍鈍的敲門聲，可是門裡好像並沒有任何動靜。不知道敲了多久，卻始終沒有人來應門，正當我準備放棄時，隔壁的門開了。

只開了一條縫的門裡瀉出屋裡暗黃的燈光。

「年輕人，大半夜的敲啥門咯？」一位裹著冬衣的老頭，從小半開的門裡探出頭來。我看見的是一張皺紋密佈的臉。

「最近天總是不太平呢，前幾天住我隔壁的那個女人才稀奇古怪的死了，昨天又有一個女人死了，這大晚上的儂就不怕撞鬼咯。」他拖著那口略帶上海腔的口音。聲音顫悠悠得和他臉上的皺紋一樣。

「大爺，抱歉打擾你休息了。我就是想問一下這隔壁女人生前的一些情況。我是一個寫推理小說的，我想把這次事件當做我的創作素材，所以您能把您知道的情況告訴我嗎？」

「小夥子，其實我對隔壁的那個女人瞭解也不多，畢竟人家是一位大姑娘。我這麼大年紀的糟老頭，哪敢好意思天天瞅著人家唷，嘿嘿。」

「不過，」老頭忽然神祕兮兮的壓低了嗓音，「我覺得這個女人估計早中過邪。這個女人獨自住在這裡，反正我從來沒有看過她有什麼家人什麼朋友，不過找她的男人倒不少嘛，而且個個不同。每個看著都還是個有錢主兒。經常看到她總是買很多衣服、包啊啥的回來。女人嘛，長得漂亮就是本錢。那臉真是生得俊俏，而她的身材更是……嘿嘿……」

這個剛才還撇清自己說不關注別人，事實卻是這下又變得如此瞭解的老頭，看來估計也不過是一個一大把年紀的色老頭。

「就在這個女人出事的前幾天，我在樓道裡碰見她，她好像中邪了一般。雙眼呆滯，直愣愣的，全身僵直得像塊木頭。我給她打招呼她就像沒聽見。而最讓人恐怖的是，出事的前三天，每天早上我都發現她睡在樓道裡。這整個三層樓，本來就只有我們兩個人住這一層。我還記得我第一次發現她睡在樓道的那天早上，我一打開房門，就看見她穿戴整齊地睜著眼枕著枕頭躺在地板上。嚇得我這把老骨頭差點沒心臟病發，還以為躺了具屍體，你說邪不邪乎！

當時我就給急救中心打了電話，在等救護車來的途中，你猜怎麼著？」老頭臉上耷拉著的「褶子」忽地輕輕一扯：「我壯著膽過去探了探她的呼吸，人明明沒有咽氣，但卻怎麼也叫不醒。而且我發現她枕著枕頭的地方，居然沁出幾絲氣體，還發出一股子腥臭。我看著這股氣體就像被什麼吸住了一樣，一絲絲的被抽離進她頭下枕著的枕頭裡，那場面真是讓人滲得慌。

後來等救護人員趕到的時候，那女人忽然像詐屍了一樣，直挺挺地坐了起來！抓起枕頭，打開她家房門，『砰』的一聲把前來急救的人員給關在了門外。害得我還不停地給前來急救的人員道歉，還以為是我這一大把年紀的人搞惡作劇，把也許只是夢遊而睡在外的女人當作了女屍，態度不好的那位醫護人員還嘲諷我注意「老年癡呆症」。所以在後面兩天當我再看到睡在房門外的女人後，我更是乾脆兩天都不敢怎麼出門，這邪氣我可招惹不起啊。結果誰知道，第四天她就死在社區的草叢裡了。你說這不是中邪了還是什麼？照我看吶，肯定是有邪靈在作祟，小夥子，怎麼樣，這個夠你寫小說了吧……」

在我謝過這個一直叨擾說撞邪，不乾淨，還要去找高僧做法的老頭後，我回到了和嵐三約好的社區草叢旁，而嵐三早已經在那邊等著我了。

「情況怎麼樣？」我把剛到老頭那兒問到的話告訴了嵐三。

「看來和我料想的差不多，」嵐三推了推鼻樑，「我調查的第二個死者，也是一個人獨自居住但剛和她丈夫離異不久。根據鄰里人的說法是，這個女人的丈夫在事業發達後開始嫌棄女人不夠漂亮，身材不好，而且加上女人和他結婚的這一長段時間裡遲遲沒有生育，所以私底下出了軌，在外面包養了個膚白貌美的剛大學畢業的女人，而且好像還和那個女人有了孩子。而女人從那後總出入健身房，拼命節食，好幾次因為節食暈倒被鄰居發現，還送去搶救，最沒想到的是在後一次因為減肥暈倒時恰巧流掉了她一直朝思暮想的已經懷了兩個月的孩子，還永久喪失了再次生育的能力。所以，她丈夫最後順理成章的以此為由和女人離了婚，就只留了那套大房子給她。從那以後，女人就變得有點神經質了，活脫脫像現代版的祥林嫂那樣遇人就嘟嘟囔囔地念叨著要變漂亮之類的話。

更讓人匪夷所思的是，在那之後的一天裡，大家發現她居然真的變漂亮了，整個人散發出來的氣質就像變成了另外一個人。而不久，就是在第一具女屍被人發現後的後幾天裡，這個女人和你說的那個女人一樣，肢體僵硬，彷彿所有的生氣都被從身體裡面抽幹殆盡。同樣地，她也被鄰居發現枕著枕頭睡在樓道裡，直到她的屍體被發現在社區的這片草叢裡。」

嵐三指了指我身邊的這片草叢，隨風扭著腰肢的草葉鬼氣森森的，我的背後居然在這寒冷冬夜裡浸出了一層冷汗。

「這樣就被嚇著了？」嵐三稍稍抬起嘴角。

「這大半夜的，被冷風吹的。」我心虛的辯駁了一句。

「那這樣說來，這兩起受害人都是莫名在死亡前的一段日子裡開始變得不尋常，比如像失去靈魂的行屍，而且死前幾天都是像夢遊一樣睡在自家的樓道裡，直到最後真正變成一具冰冷的屍體。」

「沒錯，而且這兩位受害人生前都極其執著。前一位執著於物質，和不同的男人來往，收穫享受極為豐盈的物質享受，後一位則執著於相貌，準確來說是更執著於該放手的對丈夫的愛。這些都是變為生靈的條件。」

「但是，人的執著真有這麼大的力量？」

嵐三回過頭來，閃著莫名異光的眼睛在黑夜裡盯得我一陣發慌，他伸出手輕輕的摸了摸我的左耳，「我說，艾言寧，你是一個雙邪耳者，也在這個看似正常的空間裡聽到如此多不屬於凡世的聲音，這大千世界，有三千妖靈。你信魑魅魍魎、神鬼精怪，但為何你單單不信人？這人本也不過是其中一支，為何不能有化常態為異性，由人入妖，由靈入邪？」

嵐三有些好笑的擺了擺手，我竟一時說不出話來，我當然明白，只是下意識地想去找理由找藉口來說服自己生活的這個空間還未亂套。雖然這不過只是我的自欺欺人。

「還有五分鐘到淩晨一點，我們得加快速度了。」嵐三看了看表，隨後拿出一小截烏漆漆的木頭，用同行帶來的小香爐裡的火一點，那小小的一截木頭居然就像淋了汽油的棉布一樣，一下騰起了通紅的火焰，映著它烏漆的外皮，讓人覺得像是夜空裡出現的一輪旭日。好像能燃起一輪希望。「倏」的一聲，只見火焰忽地一滅，木頭開始散發出一陣異香，升起縷縷的煙霧。嵐三把木頭杵在早已擺好的五根白蠟的正中間。

「這是七星白蠟。所謂七星白蠟，則是指吸納藉以天上星宿中七顆分佈於天南，臨界夜之最陰角的星之光的七顆晶石做成的七根蠟燭。所以謂之七星，因而它們極有陰靈之氣，是天生的引魂器。而我剛才燃的這根烏木，則長於弦月下的極陰濕地，因終年不見陽光，所以它的枝臂永遠不會長成尋常粗壯的枝木，加之飽納月華、星芒和陰雨，才得以長成這烏黑形狀。它就是『澤枯木』。燃一塊可使魂靈如枯木逢春，旱遇雨澤，有了現身和找到『家』的力量。」

「時間快到了。」嵐三做了個噤聲的手勢，然後嘴裡開始念起了咒語，聲如蚊吶，卻又聲聲入耳，即便是聽不懂，卻也能讓人有自發的對於玄秘之術的敬畏。剛一直被風吹著的小樹林，此刻更像是著了瘋魔般，發出獵獵風響，吐出嗚嗚哽咽。籠罩整個天地的白霧急遽濃稠起來，眨眼的功夫就已經讓四周變成一片白茫茫的世界，寒夜溫度驟降。我的心隨著嵐三嘴裡吐出的咒語速度的加快，不由狂跳，跳得快到嗓子眼了，左耳突突突的聲音越來越大，越來越近，彷彿在地獄邊緣遊走的死靈的吶喊。當這聲音快要來到我的身後時，忽然「啪」的一聲，一陣清脆的斷裂聲過後。

所有聲響都消失了！

「嵐三，怎麼回事?!」

隨著我耳邊啪的聲音消失後，剛才的白霧四起，狂風肆虐也跟著散去堰息。嵐三緊鎖著眉頭，陰沉的臉黑得快要淌下水來。

他一直緊抿的嘴唇微微開合，目如幽潭：「生靈消失了。」

五、第三具屍體

在繼我們生靈召喚失敗的第二天，第三具屍體就出現了。和前面兩具一模一樣的死法，蹊蹺，員警必然是摸不著頭腦的。

嵐三從昨晚回來後，一直到今天第三具屍體的發現，中途就一直鎖在他的房間裡，沒有踏出來一步。他不僅沒有理會我不斷的敲門聲，而且更沒有理會我放在門口的食物。事後，我曾玩笑說，嵐三就像古時和父母撒氣，絕食、不出房門的待嫁怨閨。

一直到下午近四點的時候，門才終於開了。

一臉倦氣，帶著黑眼圈和一圈微青鬍渣的嵐三，裹著黑色的大衣蜷到了沙發上，見我沒說話，嵐三先開口：「艾同學，知道昨晚生靈消失了吧。」

「嗯。」我點點頭。

「其實，生靈並非消失，而是，被吃掉了。」

「吃……掉？」我瞪大雙眼，越覺得震驚。

「沒錯，根據我們最初的推測，本來我一開始以為前面兩個死者在真正死亡之前的異常舉動是因為她們的執念讓她們靈魂離體成了生靈，所以我用『澤枯木』和『七星蠟』來引魂。可是沒想到的卻是以失敗告終。你還記得你昨晚你左耳聽到的斷裂聲吧，那就是生靈被撕裂截斷的聲音。我猜，生靈被吃掉的原因應該是因為某個未知的東西察覺到了我們正試圖通過引魂術來找到生靈並進而找到它的下落，所以吃掉了生靈。更嚴重的可能是它的存在就是以生靈為食，而我們的引魂只不過是提前讓它選擇吃掉生靈罷了。先前我一直困擾著，以為只是單純的人變為生靈，直到今天果真的又發現了第三具屍體，我發現了這些生靈是被接連地吃掉——你要知道，生靈被吃實在是一件殘忍的事情，因為這代表的是這個靈的永久消失，沒有任何輪迴，沒有任何先前殘留的生痕，有的只是永遠的寂滅，我也這才發覺這一起連環死亡案件並不簡單。它們的背後應該有一個強大的未知存在，從它以生靈為食，我推測它應該是非常聰明而且力量非常，重要的是殘忍。

昨晚我思索了整個通宵，把我們之前所瞭解的線索全部串起來重新找我們所有可能遺漏的線索，終於發現了我們之前因為注意力全在生靈上而疏忽掉的一個重要線索。那就是這幾起案件裡都共同出現的一個東西。」

什麼東西？共同出現……？我努力回憶著。左耳裡傳來混混沌沌的聲音。忽然，一個念頭閃現在我腦海裡。

「是枕頭！」我驚呼，我記得我去詢問時，當時那位住隔壁的老頭曾經提到過那只怪異的枕頭。這幾具屍體的另一個差點被我們忽視的共同之處就是被發現時都是頭枕著枕頭，而且都有在頭部散發出一股子腥臭，還伴有頭部的氣體被吸入枕頭的跡象。

「沒錯，這次連環死亡案件背後的真相就是一個和睡眠、夢境有關的眠靈。我們叫它為「反枕靈」。

六、欲夢深淵

第一重：

我周遊在不同男人的身邊，美貌是我的資本。這些出手闊綽的男人總是用癡迷的眼神看著我，說我真正擁有天使的面龐，魔鬼般讓人銷魂的身材。有的男人是因為家裡的女人總是不在家，每天只知道出入高級美容場所，逛街，打麻將，男人覺得找不到家的感覺；有的男人是因為忍受不了家裡又凶脾氣又刁鑽的更年期黃臉婆；還有的完全就是圖個刺激。畢竟總是牆外的紅杏更為美豔和撩人。但，要我說來這些男人都不是什麼好貨色，都是一個樣！不過是為自己偷腥找各式各樣的藉口罷了。但這又於我何干？只要他們有錢就足夠了。

我用我的身體來得到我想要的生活，他們用他們的錢來獲取肉欲享受，都是你情我願的合理買賣。

我也不知道從什麼時候開始，我內心的渴望越來越強烈，強烈到骨子裡都在發疼，好像有千萬隻螞蟻在啃噬著我的每一根血管，在吮吸著我的每一滴血，啃噬著我的每一處肌體。我只有在不停地進入各個名牌商店，瘋狂刷著沒有上限的銀行卡，拎著那些小數點後面可以打一串零的包，蹬著彷彿可以踩穿地面的恨天高，在高檔餐廳裡吃著烹飪得精緻無比，價格卻極其昂貴的菜看時，我的疼，才能稍稍得以暫時的緩解。

可是，這就像是幫人入睡的安眠藥，治標不治本。我內心的那個饑渴的洞反而變得越來越大，我感覺不到充實，有的只是有如餓瘋了般的欲望、空虛和絕望。

真是諷刺啊，誰能想像出我這樣一個在別人看來，讓人覺得無比歆羨甚至是嫉妒、每日與奢侈為伴的女人，居然被這無止限的空虛給折磨得麻木和絕望。

從什麼時候開始的呢？

也許是從很小的時候，跟著被父親嫌棄貧窮而拋棄的母親的時候。所以人啊就是這麼奇怪的東西，既然嫌棄為何又要結婚，結婚後又棄之如敝屣？正是這個時候，「窮」、「金錢」這些字眼就紮根在我的心裡了吧。即便是遺傳到了母親的美貌，可是我卻穿不起漂亮的衣服和鞋子，吃不起大傢伙都吃膩的洋餐。總是被同齡的女孩子嘲笑老土，被捉弄，被冤枉偷拿了班裡同學的錢。甚至在喜歡的男生面前被另外一位同樣喜歡他、但卻出身有錢人家的女生數落衣服上的補丁到底有多少個。哪怕它被有一雙巧手的母親經過精心修補，但是，補丁就是補丁，再怎麼隱藏修飾也是補丁。就像我，再漂亮，也是個只有漂亮皮囊的窮土人。

我恨透了「窮」，恨透了只會唯唯諾諾的母親，恨透了命運。

所以，我利用自己的美貌開始周旋於不同男人之間，我喜歡他們甘心情願把錢給我花的痛快，別人的風言風語對我來說，什麼都算不上。只要有錢，我就可以想做任何我想做的事。

可是，為什麼越到後頭，佔據我心裡的空洞變得越來越大？

在我越來越快忍受不了那種快要把我整個人都要掏空的虛無時，一天夜裡，我撿到了一隻枕頭。一隻玉枕。它就那樣忽然出現在我家門口，它的溫潤和神祕讓我留下了它。在那天晚上，鬼使神差地我把它替換掉我原來的枕頭，把它枕在了我的頭下。

沒想到的是，我居然在夢裡發現了另一個奇妙的世界。這個世界裡的我，有一個完整的家，有一個愛我至深而不是只愛我的這張臉，這具身體的愛人，有我的孩子。更重要的是，我覺得我有了一顆完整的心。我感受到了從未有過的充實和快樂。

接下來更讓我沒想到的是，夢醒過後，我居然看到了另外一個我。她和我一模一樣，她睡在我家門口的樓道裡，還有那個驚慌得打急救電話的老頭。我的靈魂脫離出了我的肉體，白日裡所有的疼痛由那具沒有我靈魂的肉體來承擔。而到了晚上，我再次回到我的肉體中，又重新進入到那個讓我不捨醒來的夢裡。

在夢境的最後一天。

我見到了一個孩子。一個奇怪得恐怖的孩子。它在我的夢裡就像冰冷滑溜的蛇一樣來回穿梭。我也說不出來原因，就是覺得莫名的恐慌，我只知道我要逃出它「覓食」似的視線。它身上散發出有讓我覺得威脅到窒息的血腥和毀滅。我每跑一步，後面的世界就開始一寸寸坍塌，我的家在斷壁殘垣裡破成碎片，我的愛人和孩子的屍體碎成了飛濺的肉塊，噴灑出來的鮮血把我的腳灼燒。漫天的血污四處氤氳開來。直到由它們變成的血線牢牢將我縛得動彈不得。

我終於被他找到了。

那個一直在「獵食」我的孩子。他的臉上只有一隻血紅的眼睛，另外一隻則是黑乎乎的洞。它舔著舌頭，淌著口水開心的湊到我的臉旁：「姐姐，妳被養得真美味啊！我好餓，我都好久好久沒有吃飽過了，妳給我吃吃看好不好？」然後，我眼睜睜的看著它伸出長滿倒刺尖鉤的舌頭和那股血線一起穿過我已經腐蝕得快要爛掉的心臟，將我的心臟割成碎爛。

將我吃得一乾二淨。

第二重：

我陪了那個男人整整七年！一個女人又有多少個七年可以耗？我就是那麼傻，執拗的我期許的不過是女人們都想擁有的一份堅守的愛情，等待的就是他說要兌現和我相守到老的承諾。

我終歸是拴不牢他的心，男人也許就是有錢就變壞吧。

和他剛認識是在我家，我父親是他的老師。那一年，他的父母雙雙喪生在一場車禍中，遠離家鄉的他們一家人就剩他孤零零的一個。剩下的當然還有一筆用他雙親性命換來的賠償金和兩個木質的骨灰盒。我父親憐憫他這位學習成績優異的得意門生，所以父親把他領回了家，和這個母親早已離開家的我們住在了一起。

初見他的第一眼，我的心也就化了。長期生活在家教嚴格的這個家。除了學習外，根本沒有其他心思放在少女該有的情思上。遇見他之前的我，是個戴著厚得像啤酒瓶底的眼鏡，是一心不聞窗外事的書呆子。

兒女情愛於我彷彿是難以啟齒的羞事。我不知道什麼是心動，什麼是相思。偶爾看到小情侶間的牽手、親吻只會覺得害臊。

我以為我會一人獨行俠到老，我以為我不會需要更不會渴望有另一個人，另一個除我父親外的男人會和我相伴到老，執手走過婚姻殿堂，攜手走過剩下的人生路。我無法想像甚至是不屑一顧。

直到他的出現。

我更相信那句話，在遇見讓你心動的人之前，也許你會等待到麻木，麻木到覺得這並不是遇見，你會選擇性遺忘你在等待，忘卻掉你一直以來都在等待一個人。直到這個人的出現，他會燃起你所有回憶的焰火、照亮那些曾遺忘的角落、照亮那些隱匿在黑暗裡的衝動。對愛留有一份期待的衝動。

他略顯蒼白的臉龐，亮如星辰的雙眸，細碎貼於耳旁的黑色碎髮，穿得整齊精神，就那樣緊張的提著包，跟在我父親身後，住進了這個家。也從此住進了我的心。

我甘願選擇了改變。

我學會第一次去打耳洞、換掉了我長期以來中規中矩甚至有些老氣的衣服。我摘下厚底眼鏡，用自己存下來的錢把它換成了隱形眼鏡。我開始學會化妝，還有向他表白。

我從來不知道他對我到底是什麼樣的感情，我只知道他對我也是好的。是不同的。他會為買我的生日禮物而跑遍整個縣城，和嘲笑我的男生打架，甚至為救我而骨折。

我向他表白，他沒有拒絕，而是牽了我的手。父親自然是喜歡他的，所以也應允了這件事，只是囑咐我們先等大學畢業後再考慮後續發展。

我的期待成了真，結婚後不久，我的父親因病離世。整個世間我也只剩他了。所以我用心經營著這個家，為他創業的資金到處奔波，直到他的事業有成。

但是，隨著他的事業成功後，我卻發現他開始變了。他開始不斷的抱怨我，嫌棄我的樣貌、身材。更重要的是怪我一直沒有給他生一個屬於我們的孩子。所以哪怕我知道，他在外面有了女人，我也仍然不想放棄。放棄這份七年的感情！我開始每天出入健身房，拼命節食，還好幾次因為過度節食暈倒被鄰居送到醫院搶救。可笑的是，最後一次暈倒，我居然流掉了一直以來讓我朝思暮想的孩子，失去了再孕育的能力。

我和這個男人也算澈底結束了。

可是我不甘心，我不願放下。就在和他離婚後的不久，我撿到了一隻玉枕。應該說是它就那樣莫名的出現在了我家房門口。它安靜的躺在那兒，我不由自主的把它帶回了家。我只想枕著它，好好睡一覺。但讓我沒想到的是：

我進入了一個如此真實的夢的國度，我居然在這個夢裡又重新和他在一起了。我不願醒來，醒來也只有無盡的疼痛。當我睜開雙眼時，我發現身體從未有過的輕盈。醒來的我彷彿從夢裡汲取了力量。竟變得美麗、漂亮。

但是，奇怪的事也開始接二連三地發生。先是我忽然而來的美貌，接著就是我發現我的頭像泄了氣的氣球一樣開始一天天癟下去。直到有天我醒來，我看見自己飄在了半空中。而我的肉體躺在樓道裡，我看見那只玉枕源源不斷的正汲取著我的頭部！

直到我看見了那個小孩！

我的夢境國度像龜裂的大地，被乾裂成渣！我四處奔跑，跟在我後面的是那個有一隻血紅眼睛的小孩，他的另一隻眼睛是一個黑乎乎的大洞！他就像一隻發瘋的野獸，淌著口水，在我的身後不停的追趕。他長滿尖刺的舌頭像翻騰的被無限拉長的食人藤蔓，先是扯掉了我的左臂，隨後又卷掉了我的右腿！我聽到身後吧唧的咀嚼聲和他不停的笑聲。

「姐姐，我找到妳了哦！」我的耳邊輕輕吹來一股死亡的腥臭，我回過頭。

只剩一片血紅。

第三重：

「我到底是誰？」我感到全身都是那股噁心的粘稠，我手一抹居然發現全身黏透我的是紅黑的血液！

到底發生了什麼？我剛才看到的那兩個女人的夢境到底又是什麼?!這包圍著我的屍塊殘肢是誰的？我左腿一軟，腳下一個趔趄，一顆臉上滿是驚恐的人頭滾到了我的腳邊。

居然是他！那個小時候因為我的左耳聽不見而總是欺負我的李秦，在我小時候被他關進廁所一天的時候我曾咬著牙在心裡詛咒過他，他怎麼會死在這裡？

突然一股奇異的電流穿過我的大腦，我顫抖的低頭看著周圍堆著的「屍山」，每一具死相慘烈的屍體居然都是曾經捉弄嘲笑過我的人！「哐當」一聲，從我身後掉落一柄刀鋒被砍得凹凸不平沾滿血跡的大刀，我看著沾滿血液的雙手⋯難道⋯⋯這些人都是我殺的？

「沒錯，就是你殺的！你這個怪物，呵呵⋯⋯」我的左耳響起一聲空洞的童聲。不可能！就算我再怎麼討厭他們，我怎麼可能殺了他們！

「他們嘲笑你，欺負你，打你，捉弄你，難道不應該受到懲罰嗎？你也該是時候報復了，哈哈哈哈……拿起你的刀，砍掉他們惹人厭的頭顱，斬掉他們揮舞的手臂，聽聽這血液噴濺的聲音是多麼美妙……」這聲音就像是入耳的催眠，我緩緩拿起掉落在地的刀。

沒錯，我就是一個怪物，我能聽到該死的鬼怪之音！我被他們排擠，我恨他們！沒錯，所以我殺了這些人，所以這些人都是我殺的！我感到大腦裡有無數的尖叫，轟鳴得快要爆炸！這一片血紅、滿地殘肢都扭曲成無數個漩渦，我是個怪物！我是個怪物！

「就是這樣，再努力點，我就可以把你吃掉了哦！你那只耳朵可是絕頂的美味呢。」我已經顧不上左耳裡傳來的這句話，我只覺得我的整個人都在撕裂。

忽然，隨著「刺啦」的一聲巨響，裂開了。

七、地底幻象

「艾言寧，給我捂上你左耳，睜開眼睛！」一陣白光過後，剛才的地獄之景消失了。嵐三提著長劍站在我的面前。

我就像忽然從催眠中甦醒的病人，睜開有些混沌的雙眼，眼睛裡倒映出那個熟悉的黑色身影。

「終於捨得從你那血腥『淒美』的長夢裡醒過來了？再遲一點你可就進那東西的肚子裡了。」嵐三用劍指了指我的左上方。我抬頭……那是個孩子……？

代替我剛才夢裡那副地獄之景的一整片鉛灰色包裹住了我們。漸漸的鉛灰淡去，面前出現的是一片雜草叢生的大院子，院子裡有兩棵枯死的桃木，而在桃木邊坐落著的是一座古代的木房，通往大門的階梯口邊屹立著兩個瞪圓雙目張著血盆大口的石獅子。破爛的門扉搖搖晃晃，紙糊的窗門也破破爛爛，沒有任何生機，只有一片灰濛濛的殘敗。而那個孩子就坐在木房頂。他咯咯的笑著，露出一排鋒利的鋸齒，然後化成一縷青煙飄進了房子裡。

「看來今天我們得有一場惡戰了，你自己小心。等下進入房子裡後跟著我，別亂跑。這個地方看起來應該是在一千多年前的時候了，你看看這裡的桃樹。在《漢舊儀》中有記載：「東海中有一座度朔山，山上有桃樹，枝葉繁茂，蜿蜒盤旋三千里。其中近地的樹枝間，被稱為『東北鬼門』，是萬鬼出入的地方。所以鬼怪喜居於桃樹之上，桃樹有招邪之力」。但是關於桃樹招邪的，還有另外一個對立的說法：「在中國古代神話中，相傳有一個鬼域的世界，當中有座山，山上有一棵覆蓋三千里的大桃樹，樹梢上有一隻金雞，每當清晨金雞長鳴的時候，夜晚出去遊蕩的鬼魂必趕回鬼域。鬼域的大門坐落在桃樹的東北，門邊站著兩個神人，名叫神荼、鬱壘。如果鬼魂在夜間幹了傷天害理的事情，神荼、鬱壘就會立即發現並將它捉住，用芒葦做的繩子把它捆起來，送去餵虎，因而天下的鬼都畏懼神荼、鬱壘。於是民間就用桃木刻成他們的模樣，放在自家門口，以避邪防害。」

「那我怎麼知道這桃樹到底是祛邪還是引邪？」

「你過來看看這裡。」我跟著艾言甯走到桃樹邊，剛剛還明明已經枯死的桃木枝椏處竟然抽出了一片綠葉，而綠葉上還長出了一朵白桃花。

「我們實屬幸運。這株桃樹本應是枯死之樹，卻在我們到來時抽出綠葉，更重要的是它開的這朵白桃花，正是異於紅桃之邪的辟邪白桃。白桃為稀罕，真可祛靈鎮魂。你把它含在你的嘴裡，別嚼，給我一直含著。」嵐三摘下白桃花遞給我，自己則把綠葉摘下放在了口袋裡。

「現在我們該進去結束這一切了。」

他深深吸了口氣，帶著我推開了那扇舊腐得嘎吱作響的門。

一條通往地下的樓梯赫然出現在我們面前！

「別慌，你應該知道我們來到的這個空間，根本沒有秩序可言，整個世界都是由不同打亂的時空結界組合而成，這條樓梯下面也許是深淵，或許是墓穴更或許就是幽深的地底。一不小心也許就會到了另外一個空間，所以跟緊我，別走神。」聽到嵐三穩穩的低沉的聲音，我剛才因惲懼而慌張的心裡似乎注入了一股安定的力量。

嵐三點燃剛才摘下的桃葉，奇怪的是那麼一小片兒桃葉居然能夠點亮整個黑暗，「桃葉之光，可驅邪，使鬼怪不敢近身。以這桃葉燃燒得異常緩慢的速度來看，這個空間果然是非比尋常。」我緊跟在嵐三後面，照著桃葉發出的淡黃光亮一步一步下往那個未知的地底。

我剛感覺腳踏上地底的地面，忽然一陣劇烈的搖晃傳來！而這搖晃之後，讓我震驚的是，出現在我們面前的居然是剛才那個院子！只是沒有了破敗，而是人丁興旺的一幅圖景。院子裡的人來來往往，進進出出，全都緊張又慌亂，而我和嵐三就像隱形人一樣，沒有任何人能看見我們的存在。

「這是交錯的另外一個時空。我們且跟著他們，看看到底有何乾坤，這也許會幫助我們瞭解甚至化解這次的災難。」跟著那些慌張出入的人，我和嵐三再次進入了房子裡。

裡面傳來婦女生育時痛苦的呻吟，一個產婆樣子的人正對床上的女人叫著用力，一個年輕妖嬈的女人正嬌聲讓那個急得走來走去的男人不用擔心。

不知過了有多久，忽然一聲嬰兒的啼哭響起。

「生了生了！是個大胖小子！老爺，夫人生了個大胖小子！」

產婆的呼喊，男人的高興，和那個嬌媚女人冰冷的目光交織在一起。

忽地，所有的一切都陷入黑暗。

「讓你得意，看現在沒人護著你了，你怎麼逃出我的手掌心！」一聲陰冷到骨髓的聲音惡狠狠的打破了這黑暗裡的一片寂靜。

在黑暗裡慢慢亮起一星光，一個小男孩被捆綁在木樁上。那個剛才出現的嬌媚女人，手裡拿著一把尖刀走向男孩。「我讓你看，看看你那娘有什麼好下場，你那爹這麼疼你這麼個蠢兒子，我把他弄死後，誰也不能再保護你了。你平時不是總喜歡盯著我瞧麼，我讓你瞧！」

說完，那個女人竟然生生的剜下了男孩的一隻眼睛！

一聲淒厲的慘叫，尖銳得彷彿要衝破那具瘦弱的身子。

驚得人膽寒！

「所以，我討厭這些人，他們殺了我的爹，欺負我，折磨我，我要把他們一個個咬碎，我要把他們一個個吃下我的肚子，吃得連渣也不剩。」

耳邊吹來一股腥氣。

「艾言寧，小心！」說時遲那時快，嵐三把剛才燃燒後的桃葉灰灑向後面，隨著整個天旋地轉後。

我們又重新回到了那片鉛灰裡。而那個孩子張著血紅的一隻眼，慢慢向我們走來。

九、反枕靈

「百鬼夜行裡記載的反枕靈——是指人們在熟睡後有時會發現睡前枕在腦袋下的枕頭，不知什麼時候墊在了腳下。這是人們睡著時，一種叫反枕的妖怪做的惡作劇。反枕又稱為枕返，枕小僧，大都以小孩的形態出現。但在後世的流傳中，反枕就不是單純的惡作劇了，它會讓睡著的人永遠沉淪在虛幻的世界中，吸收其靈魂並將人殺死。我想，這些記載或多或少都不太貼近真相，而真實的反枕靈應該就是你吧。」嵐三拉著我，漸漸往後退去。

「但是我想不通的是，你為什麼要吃那些女孩的生靈？剛才我們看到的那個世界裡的孩子是你吧，你到底發生了什麼事，你又是怎樣變成眠靈，變成那只玉枕裡的反枕靈？」

那個孩子，不，應該說是那個孩子形態的枕靈停下了腳步。

「在吃掉你們之前，我想告訴你那個年久得讓我都快記不清的故事也無妨。就當我給作為我的食物的你們，特別是你們那絕味的耳朵和眼睛的回謝。咯咯……」

「很早很早前，我出生在一家大戶人家，我娘是正室，我還有個年輕的二娘。但是這個二娘卻是滿肚子的壞水，她覬覦的自然是我家的財產，平日裡想盡辦法刁難我娘。這個善妒狠毒的女人更是嫉恨懷了孕後的娘，因為她沒有生育，她擔心我的出生會讓她喪失一切。為此，她在我娘臨盆的時候動了手腳，害得我娘難產，儘管我娘拼命生下了我，但是我卻因此一出生就成了個有一隻血紅眼睛的白癡兒。而我娘也因而殞命。

全家人都嫌棄我是個禍害，除了我爹還算疼我，所以那些僕人只有在私底下捉弄我，而二娘則是拿錢讓他們想著法子讓我遭罪。每晚，我只有在枕著那只娘生前枕著的玉枕時，才能感到唯一的溫暖。」他輕輕一抬嘴角，露出的是一個極為扭曲詭異的笑容。這些苦我也都忍了，沒想到的是，那個蛇蠍女人居然最後害死了我的爹，家裡所有的財產全都到了她的手裡，而我的命運可想而知。她用盡各種辦法折磨我，剜掉了我一隻眼睛，把只剩一口氣的我扔到了那棵母親生前栽種的桃樹下。我以為我會死，直到那個人的出現。他問我想不想要報仇，只要我同意把我的身軀交給他，他就會給我無盡的力量，讓我可以把那些人撕碎！我當然恨不得把那些人的骨血抽盡喝乾！我本是這孑然世界裡的半個遊魂了，這具殘破的身體留著有何用，既然可以作為復仇力量的交換，拿去便是。

於是在那天夜裡，我把所有的人都嚼得粉碎，我讓他們全都去給我娘和我爹陪葬……」

「從那以後，我就以人的欲念為生，我嗅到他們的執念，我這隻自娘胎裡就自帶的血紅之眼能幫我輕易覓食到執念深厚的人，我會等他們成為生靈後，吃掉他們。而那兩個女人，一個像極我二娘那般愛財，一個根本不配做母親！至於第三個更是執念得美味……所以，我更要把她們吃掉！

而你呢，因為那一隻耳而受盡欺淩的你，活著又有什麼意義呢，所以也乾脆給我吃掉吧……」他舔了舔那排尖銳的鋸齒，發出飢餓的呼哧聲，倏地他像一條攻擊的大蛇遊竄著逼進，他弓起身子，口裡那條長滿倒刺的舌頭向我和嵐三刺了過來，嵐三拉著我一個轉跳躲過了舌頭的攻擊。他舉起剛才的長劍，口裡飛速念著咒語，末的他咬破食指，把血滴在長劍上，劍尖刹時發出刺眼的光芒，他反身一揮，把已經伸到面前的舌頭砍掉半截。頓時，耳邊劃過一陣刺破人耳膜的尖鳴。

只見被砍掉半截舌頭的反枕靈血紅的雙眼此刻溢出了濃稠的黑血，而那溢出來的鮮血化為一條條吐著鮮紅蛇信子的毒蛇！

「艾言寧，不想死的話給我你的頭髮！」還未等我反應過來，嵐三一劍輕揮後，我的頭一輕，空氣發出劇烈的波動，那縷頭髮在嵐三拋出符紙的同時燃起一團巨大的火焰。

「火燼萎邪靈，以環為結，立！」嵐三拉著我一躍，跳進了那團巨大的火焰！

十、死而為生

在我被嵐三拉著跳進火焰裡的時候，我以為我就這樣死定了，過了二十四年終日與邪靈為伴的日子，最後沒想到我居然就這樣以被強迫「自殺」的方式畫上我生命的句點。

直到我看著周圍燃著的火焰，而我和嵐三卻毫髮無損的站在火焰裡，而跳騰著的火焰剛好把我和嵐三圈在了裡面。我才明白我還活著。

「你不會以為我是絕望，所以帶著你自殺了吧。」嵐三有些好笑的看著我，虧得在這個生命攸關的時候，他居然還有心思笑得出來。果然是個「不靠譜」的神棍！

「不過，這只是暫時的安全。我剛才用的火語咒，只能保我們暫時不受傷害，等這個火焰一滅，你我估計都得被那些東西啃成碎肉。嵐三一臉沉重的緊鎖著眉頭。

「那這火還能維持多久？」我最關心的當然是這個問題。

「一刻鐘……」

「什麼?!」

「所以，我們得在一刻鐘的時間裡找出破解的方法。」

「時間這麼短，況且我們只能待在這團火焰裡，上哪去找方法？」難道今天真的要死在這裡了？

「艾同學，你還記不記得那只玉枕，這只枕靈的源起，應該說是它的附體就是那只玉枕。我想我們唯一的方法就是找到那只玉枕。而找到那只玉枕後，可能需要你我的血來化解。」

「為什麼是你我的血？」

「艾同學，你是天生的雙邪耳，你是天生的八字奇輕，天生的體寒，換句話來說就是你是一個完全的陰體、靈媒，那玉枕經過千年，而且又吸收如此多生靈欲念，也是極為陰邪之物，而如果只有你的血接觸它，反而會給它提供無限的力量。這也是為什麼枕靈選擇你的原因。而我，則和你完全相反，我是極陽之人，這也是為什麼我能存活到現在，而且走上驅邪集邪之路。如果只有我的血接觸這玉枕，極陰和極陽相斥，估計你我都逃不了一同被吞噬毀滅的危險。而如果用你我的血相融，也許正是這中和的緩和之力，也是能夠成為化解這枕靈的力量！」

「如果這個可行，可是我們上哪去找這玉枕？」

「艾同學，用你的耳朵仔細去聽！只要你的耳朵能聽到它的聲音，我就可以用我的眼睛找到它，你的耳朵生來本就是搜集這些聲音的！所以深呼吸，屏氣凝神！快點！」眼看著火越來越小，那團鉛灰又開始湧了進來，但我卻怎麼也靜不下來。

「艾言寧，你給我聽著，不要擔心，靜下心來，用你的整個耳朵去感受……」嵐三雙手托住我的頭，他略微顫抖的嗓音此刻居然好像有了股溫柔的力量，它漸漸撫平了我心裡的慌亂。我感到周圍一片空曠，我在這片空曠裡尋找著，尋找著……

「嗚嗚嗚……」一陣微弱的哭泣聲傳來。

「嵐三，我找到了！」隨著包圍著我們的火焰的熄滅，嵐三手中長劍一揮，手往空中一抓，一隻玉枕赫然出現。

「快，血！」

來不及顧及平時怕疼怕得要死，我狠下心來一咬指尖，血液立馬像有了生命一樣，朝著嵐三的方向飛去。

眼前一片紫光大盛，玉枕裡發出無數聲聲嘶力竭的尖叫，伴隨著的還有反枕靈扭曲得即將要爆炸開來的身體。

「艾言寧，吐出桃花！」那朵一直被聽話的我含在嘴裡的白桃花此時竟像一顆靈光直直的飛到反枕靈黑乎乎的眼窩裡。

「啊……！！」那聲讓人毛骨悚然的呼喊從它的喉嚨裡迸發出來。

我看著它的身體裡穿透出無數的光，慢慢的化為了一片片飛舞的腥紅的桃花……

十一、灰暗後的光

「這樣說來，最後是那朵桃花拯救了我們？」

「可以這樣說。那桃樹本應該早已死在了千年前，但是卻在我們進入到那個時空後，重新開出了花，我想，應該幫助我們的是反枕靈的母親吧！桃樹本是靈氣的生命樹，它由他母親栽種，必然有他母親的靈氣。後來她母親死後，殘餘的靈附在了桃樹上，但是看著自己孩子被欺虐，她自是無可奈何。沒想到的是最後自己的孩子居然變成了殘忍嗜血的枕靈，以生靈為食。奈何沒有人照料的桃樹就這樣枯萎了，而她自然也就選擇了沉睡。

我想應該是我們的到來，讓她重新醒了過來，所以她用盡自己的靈化為那一朵白桃花，最後重潤他被剜掉的眼窩，當然也讓他得以永遠的安寧。他不安生的靈也終於可得放下。」

離那場幾乎讓我們倆死在噩夢般的戰鬥後的不久，嵐三回答了我的疑問。那場戰鬥讓我整整昏迷了七天，當然，嵐三也照顧了我七天。想想也不免讓人害怕。人的欲望可以讓人變得如此可怖醜陋，而人的執念也可以讓人變而肉靈相分化作生靈，仇恨的力量可以如此巨大，但是也唯有愛的力量可以成為那化解的白桃花。

我睜開眼睛的第一眼，除了嵐三，還有那多日陰天後，屬於冬天特有的冬日暖陽。灰暗後的光，黑暗中的光原來是如此亮堂。

「但是，艾言寧，你還記得那個反枕靈提到的那個給予讓它力量讓它變成枕靈的神祕人麼？」

「你是說……」

「沒錯，這一切不過只是個開始。那個給予它力量的人才是使得這一切發生和得以存在的人。他拿走那個反枕靈的屍體幹什麼？這一切看似偶然的偶然是否真是偶然？他的背後是不是還隱藏有另外一股力量？而我的眼睛給予我讓我找到你的訊息也絕不是意外……」

我還記得嵐三說出這段話時候的安靜，整個房間冷冰冰的，只有那句話輕輕的響起：

「一切只露出了一點端倪，也許等待著我們的將會是另外一重深淵。」

櫃天

「萬物有靈音，不過聞與不聞；有百魅而生，非見與不見。有實外虛、光底影、分明輪廓下而疊合，且觸與不可觸。」

——嵐三

葬禮

這個十一月實在是有些過於陰冷，空氣濕噠噠的彷彿可以馬上啪啪往下滴出水來。即使是生活在這個地方二十多年，我也仍然還不太習慣昨日還二十四度如沐春日，今天落葉就隨風打旋，黃葉洋洋灑灑的鋪滿了一地。寒風夾攜冬天特有的陰雨刺刺的刮來。

外面的行人雖然早裹上了厚厚的冬衣，但一個個還是冷得跟凜風中的草苗一樣顫悠悠地直打晃。鉛灰塊般僵沉僵沉的天，總是輕易的就製造出一片散不開，讓人模糊的幻象。

昨晚左耳裡一直鬧騰得沒有半分安歇的聲音讓我失眠了大半宿。

社區三號樓的張大爺昨天去世了。在我交完稿子回來的路上，老早耳朵裡就開始響起張大爺平日裡的咳嗽聲和他經常一個人的自言自語。照亮這總是暗得比較快的冬日夜晚的，是門口搭放的靈堂裡的一長串守夜燈和白燭火光。竄竄的冥燭火苗，軟軟的暗黃，晃晃蕩蕩目光閃爍的光圈在用黑色布簾搭起來的靈堂裡捉著迷藏。嚶嚶的哭泣聲和老舊的嗩吶滿含表情的給那塊燭光後的黑白遺像念著悼詞，吹響他在這人世最後的一點熱鬧。只是我看不清那表情，我能聽見的只是聲音裡那跳動著悲慟、佯裝、後悔或是不捨的情緒。

「我一直認為嗩吶這門樂器所發出來的聲音是世界上最接近死亡的聲音，但同時也是最接近生命的聲響。嗩吶年代悠久，雖由波斯傳入，但它在中國紮根的深厚讓它早已經成為各地廣泛流傳的民間樂器。史料有記，早在一千多年以前就『鼓手舉於道路，往來人家，更闌不歇』。而其中嗩吶也有地域區分，我最喜歡的是客家嗩吶。它有悲調喜調兩分，喜調用於早些年代嫁娶迎親或者喜樂慶賀，所以它輕快又歡樂。那響亮和轉變靈活的音調本身給予人的就是一種喜悅的情緒。更為有趣的是，其悲調又給人以深沉，有如低吟，又是委婉幽怨。所以，他們會在人死時吹響嗩吶。當夜空和黑暗被嗩吶所劃破時，你會驚異它送走生命時的聲音竟然能夠如此愴涼。

悲和喜這兩種情緒也許有時候本身就是同一種情緒吧。」

繫著圍巾，雙手插在大衣口袋裡，穿得好像要融入這黑夜裡似的嵐三，目光如炬，定定的站在社區樓前。

我想這也許也是為什麼小時候的我但凡聽見嗩吶聲，總是心底會翻起陣陣無望，甚至是無可抑制的陰鬱的原因吧——和人在最倦累的時候的感覺一樣：應是世界蒼茫，唯剩我孑然一身。沒有任何聲響，沒有任何生命，沒有絲毫活著的跡象。

「你在這兒幹什麼？」

「等你回來。」嵐三一副戲謔的語吻倒是沖淡了剛剛向我忽然襲來的無力。心下一股鬆動，聽到我輕嗤一聲，嵐三才正色道：「社區的張老爺子過世得突然，而他平日又是一個人居住，他的子女得知老爺子過世的消息才趕緊回來，而我是住在這裡唯一的風水師，所以自然受託幫老爺子算算陰墳，做祭祀之禮。」

我所在的這個社區，居住的大多數都是孤寡老人以及子女留給老人帶的小孩兒。住在這裡像我這樣的年輕人並不多，而我住在這裡的原因也不過是因為這裡的房租便宜，畢竟靠寫稿子賺取的稿費實在是微薄得可憐，自然不能夠支付各樣零散的費用。所以，能找到這樣房租便宜的地方，即便是住在濕冷的負二樓，我也覺得並沒有什麼不妥。

相反，我更喜歡這裡的安靜和這裡朝氣與即將進入尾聲的生命。有時倒是我覺得自己白白擁有了一具年輕但又缺乏生氣的軀殼。

「那個張大爺是怎麼去世的？」我把聲音壓低在這由死亡帶來的沉冷氣息中。

「自然死亡，去得倒也算是安詳。不過老爺子在生前留有的遺書中有囑咐過，讓他的後人在他死後，不用其他棺木，就直接將他的屍體放入一直陪伴他多年的深栗色大木櫃裡。」

「把屍體不殮入棺木也就罷了，放進木櫃子裡，倒也是有些奇怪。」聽到張大爺自己提出的奇怪要求，我有些驚詫。

「況且遺體難道不送去火化嗎？」

「每一個地方都有自己的習俗，特別是在葬禮這一塊，對於老一輩的人來講，其更為講究。古時的墓室修建、活人陪葬到用其他材質的替代，比如陶俑皆是因為人們相信人在死後會去往另一個世界，所以他們會選擇一些自己掛念的東西一起帶到那邊。如良渚人相信『玉』的力量可以讓他們的靈魂不滅。到了近現代，仍舊在不同地方還存留有一小部分特殊的葬禮祭。把自己的肉體放於離天最近，由禿鷲啄食的天葬，湘西的趕屍，還有懸棺葬……但是對於大多數人來說選擇的還是土葬。生活在這裡的人們從很老的上一輩開始就是以土地為生，吃穿住行都離不開這土地。所以土地在他們心中也是他們的生存之本，可依之源。選擇讓自己死後的身體融入這土地中，化為白骨，將血肉溶進這些褐色的土地，也許才能讓他們真正覺得「落葉歸根」。自己的魂魄才可以得以安穩。

而後有了火葬的替代，一部分人選擇將自己的屍骨化為粉塵，裝入那小小的骨灰盒了事，大不了再多塊墓碑。不過對於這些老年人來說，『火化』屍體是對人的輕視甚至是褻瀆，它的火焰會讓人死後的魂魄得不到安撫和平歇。

而且……嵐三頓了頓，「其實，屍體在進入焚爐的時候，才脫離肉體時的靈魂是能感受到疼痛的。」

「那你負責的那些什麼看陰墳、祭祀禮又需要做些什麼？」

「不過是尋常的一些風水術而已，只是這次他們委託我幫忙把老爺子的遺體送回他的老家安葬並處理其他所需要的事情。估計還要在那裡待上幾天，幫著看墳、走靈、起悼和後續的下葬。如果你有時間的話，可以和我一路同去。」

「當然沒問題。」自從嵐三先是莫名出現在我生活中，接著是他告訴我困擾了我多年的耳朵的祕密，甚至隨而在帶我進了那地獄之淵後，最後還在那場危險的戰鬥中救了我。我有種強烈的預感：我和這個男人之間如同他所說的那樣有著莫名複雜的羈絆。而這羈絆可以帶我更加接近耳朵裡那個光怪陸離的世界，帶我觸到那層玄秘面紗。

當然，更為重要的還有嵐三這個人本身的神祕，總讓我無法抗拒的想要去靠近探究。我感到心裡那股強烈的欲望，是在我一個人生活了二十多年，幾乎讓我沒有任何起伏情緒以來所從未體驗過的欲望—對於危險的渴望。

「噫噫……」「嗚……」「嗡嗡……」

耳朵裡又湧入那如洪水過境般的聲響，夾雜著哭泣、哽咽、笑，悶響。

「艾同學，你說，這哭聲到底是在哭還是笑呢？」我望向嵐三，他靜靜的望著臨時搭建起來靈堂的方向，手依舊揣在衣袋裡，輕合的嘴唇絲毫看不出來剛剛說話的痕跡。那支籠罩在靈堂上方的送葬曲，像黑夜裡的星、寒風中的火，亮閃閃的跳動。作著最後短暫而又漫長的告別。對於嵐三的問話，我無法回答。

觀霧村

一陣灼人的光亮刺得我眩暈不止，這是哪裡？我大聲喊著，可是整個空氣裡回應我的只有我的回音。我無力的躺在裸露出紅土的地上，周圍滿是鬱鬱蔥蔥的翠綠樹木，這些樹木卻沒有一種是我所認識的。而且這些樹實在是茂盛得奇怪，每片葉片都綠得發光，就像粼粼波光中泛白的魚肚。壯碩的枝椏和凸出來的樹根盤結成扭曲的團狀弧形，像是隨時都可能睜開眼的爬行動物。

沁骨的冰涼盤踞在我的身上，我感覺我的力氣正在一點點的消散，在一點一點被蠶食，我卻只能就這樣癱軟的躺著，看著那刺得我發暈的光亮變得愈來愈亮，緊接著的是一股股襲來的熱浪，是它帶來的熱麼？淋漓的汗濕透了我的全身，我能感到身體裡的溫度越來越高，彷彿一個不小心，我就會立馬自己燃燒起來……

「艾言寧，醒醒……」忽地，我感到有什麼冰涼的東西在我臉上輕拍著，這冰涼反倒讓我覺得舒服不少。我奮力打開已經燒得發燙的眼皮，「怎麼了？」喉嚨裡發出的乾澀聲音連我自己也嚇了一跳。沒錯，剛到觀霧村的第一天，才到張大爺家落腳不久後，我就發了高熱。我不知道這是否和我剛剛做的那個怪異的夢有關。

「我說，你怎麼燙得跟火山石似的？嵐三探了探我的額頭，「讓你平日裡不做鍛鍊，一個大男人整天窩在家裡，本來就是陰邪體質，我看再這樣下去，你一定會英年早逝。」嵐三有些不滿的皺了皺眉頭，自顧自的說起來，「不過，這個觀霧村的磁場也真是亂得可以，運勢奇差不說，整個村裡的生命跡象也是讓人費解……，總之，你先給我躺著好好休息。」我當然明白他所說的這個讓人費解的生命跡象是什麼，我們才到觀霧村的時候，從沒見過如此詭異的景象：在村裡玩耍的孩子們一個個雖然還是孩童的身體，但是臉龐卻不似年輕的稚嫩，而是一張張衰老、爬滿皺紋的臉……一個個虛弱得反倒像是年歲已高的老人。

剛剛還像是神遊出境般的嵐三突然話鋒一轉，忽然湊到我的面前，「是不是整晚左耳都沒有停歇過？」

「嗯。」我費勁的點點頭。我自小幾乎沒有害過什麼嚴重的病，雖說是極陰體質，自然是避免不了三天兩頭的小病痛，但好在也並沒有大礙。像這次這樣來勢洶洶又極為嚴重的感冒還是頭一次，而且我總覺得這場病好像還沒有個頭。剛到這個觀霧村，我整個左耳就開始瘋魔般炸開了鍋，沒有停歇的嘶鳴夾雜著尖利的喊叫就像翻著泡的泥沼，早就把我的精力快抽得一乾二淨。我的整個人就像被壓在地底，喘口氣兒都覺得困難。

「把這個戴上。」嵐三就像變戲法似的掏出一枚用黑色絨布逢成的荷包，然後從荷包裡拿出一條精緻透明的棱錐形狀的水晶石鏈。

纖細的銀鏈前端由兩粒小圓形琉璃珠，一顆刻滿雲紋圖案的銀製小球和一顆小紫水晶石交錯相連。紫晶首碼接著銀製的玉蘭花瓣，花瓣裡嵌著的就是那顆約半個拇指長度的沒有任何雜質的透明水晶。而鎖住銀鏈尾端的則是一個繩索扣樣式，下接水滴狀鏤空花紋，同為銀質的掛墜。

「這個是靈擺，一種可以占卜的靈石。它跟隨我也有很長時間了，極富靈性。連接水晶的銀鏈是從『地陰』下挖出來的晶石融化灌注而成，可以起到拴魂魄鎮妖邪的作用；你看到的那些銀質鏤刻花紋也是古老秘術中一種名叫『蔓』的植物形態，有如枝葉藤蔓，它可以對戴靈擺的人起到保護作用。而這顆難得一尋的透明水晶，為至純明淨之物，可連通往昔和未來。為了保護它的明淨，它的去磁和維護也極為繁複，需要每月月盈之光和每日晨之初露以及其他各色水晶的澤光……總之，這次算你走運，給你先戴著。」嵐三一邊說著，一邊小心翼翼的把靈擺戴在我的胸前，「這個村子有點不對勁，具體的現在我也說不上來，但是艾同學你要知道，這個地方的磁場非常混亂，而且是個風水運勢極為糟糕的窮奇之地。你一來這個地方就開始發高熱就是它們對你這具陰邪體質的影響，而你的左耳自然會被這裡隱匿的萬千聲靈所吸引。所以為了以防意外，我把這條靈擺給你戴上，讓它可以暫時鎖住你的靈，它的淨化作用還可以讓你的左耳得以暫時免受聲靈吸引，也就是相當於給你設了一個小的屏障。你記住，感到不舒服的時候，把它靠近你的心臟，心臟的溫度可以讓它的力量變得更為持久。我得馬上趕到村西看墳去，我不在的時候小心一點。還有好好休息不要亂走動。」

「知道了。」我有些無奈的點了點頭，嵐三什麼時候變得囉嗦起來了？況且我現在全身無力得連睜個眼都嫌費力，哪還有多餘的力氣到處走動？見我乖乖躺下去，他才起身，幫我掖了掖被子後關上了房門。

胸前的靈石傳來一股清涼卻又柔和的力量，我只覺得一片穩妥的安靜，漸漸地濃稠的睡意化開，我的眼皮也越來越重。就這樣，我又陷入沉沉昏睡。

不知道睡了有多久，當我再睜開眼時，天已經黑了下來。遠處傳來幽冷的嗩吶聲、祭禮上敲打的金鑼聲和有如誦經般的吟唱。昏暗的燈火和慘白的月光從窗戶透了進來，躡手躡腳的給黑黑的房裡鍍上了一層柔光。一覺醒來，雖然身體仍然還是乏力得很，但是先前的高熱應該退散了不少，覺著應該是這條靈擺起了作用吧。藉著冷冷的月光，我打量著這個黑暗中因為月色和窗外燈火的介入下還不算黑成一團糊的小屋。

這個房間是逝去張大爺家祖屋裡的小臥房，整個房間裡的家具都是用樹木製成，比如放在我床邊的椅子由藤條編織，而我身下躺著的床和床邊的床頭櫃也是直接取材於樹木。緊靠在窗邊的是一個近一人高的木櫃，屋裡的地面則是由土來鋪成，整個房間彌漫著一股微弱但又冷凜的木香。氣味幽幽的非常好聞。不知道嵐三什麼時候回來，「咕」的一聲，我這才發覺我已經近一天沒有進食了，肚子終是戰勝感冒帶來的食欲不振，所以也開始抗議起來。一向有胃病的我，如果是進食不準時，就會胃疼。實在是這次感冒嚴重才暫時壓制住了飢餓，幸虧身體的反應也被疲倦拖慢了，但為防止胃病再來雪上加霜，我只得不情願的從床上坐了起來，打算去屋外找找看有什麼可以吃的東西。嵐三說得對，我這麼個大男人，卻活脫脫的是棵動不動就生病的病秧子，也實在是「嬌氣」。

我披上冬衣，抖抖索索的下了床，本想藉著灑進來的月光找到這個屋子裡電燈的開關，可是找了一會兒，我居然發現這個小屋裡根本就沒有電燈，還好最後找到了蠟燭和一盒火柴。雖然蒙了些灰，但好歹能用。估計張大爺一家自從離開這兒，中途就沒有回來過了吧，而這次回來得也是倉促，所以保留著的都還是那個時候的樣子。

總之，也是一個讓人有點摸不透的地方。

火柴「嗤」的一聲後燃起了暖暖的光亮，我忙點燃手中的蠟燭，整個房間被輕輕點亮，我趿拉著鞋拉緊衣領，慢慢走到房門前。打開門，門外的廳室黑漆漆的，我端著蠟燭一陣尋找後，才無奈的發現整個屋子裡根本沒有任何食物。想來也是，本來就長期沒人居住，廚房裡的一切都已經囤積上厚厚的灰塵了，哪來吃的。看來，這下得做好胃疼的準備了。我只好重新回到床上，也許是感冒的原因，我只覺得頭腳總是繚繞著森冷的惡寒，即便是面前的這朵燭火還在散發星零的熱氣，我也凍得直打哆嗦。

忽然，耳朵裡傳來一陣窸窸窣窣的聲音！

緊接著是隱隱約約的咀嚼聲，那「嚓嚓嚓」的聲響撩得我起了一身的雞皮疙瘩。雖然早已經習慣耳朵裡常常會不定時出現的那些莫名聲響，但是這個聲音卻不太像是平日裡來自於另一個空間的聲音，反倒像……沒錯！是本來就是真實的在我身旁！

我突的定住了，心裡通通的擂起了鼓，我屏住呼吸，閉上眼睛，試圖仔細去辨認聲音的方位。「嚓、嚓……」我跟著聲音的方向，讓身體也跟著緩緩移動，那陣聲音開始變成了幾乎不可聞的說話聲。隨著身體的移動前行，我感到離聲音越來越近，越來越近，忽然，所有的聲音戛然而止！在被一片巨大的空曠包圍中，我慢慢睜開眼……在我面前立著的赫然是那個有一人高度的木櫃！

那木櫃上纏繞著的雕花紋在昏暗的燭光裡就像一條條蠕動的蚯蚓，兩個獅頭樣的圓環扣垂吊在櫃門正中，只要輕輕把環扣往外一拉，就能打開櫃門了。

方才的聲音就是從這個櫃子裡傳出來的，我隱約察覺到這個地方不太對勁，這個奇怪的櫃子裡面到底藏著什麼？我半曲著有些發軟的腿，被汗濡濕的內衣蒸發出冰涼的濕冷。我輕輕把耳朵湊上去，把左耳貼在了櫃門上：

「是你在找我麼？」

陰沉腐舊得像發黴木板的聲音從櫃子裡直直穿透出來！

一番天旋地轉，黑暗向我壓了過來，所有的知覺消失了。

「艾言寧……」

誰在叫我？

「艾言寧！」

闃寂的黑暗裡，有點點光亮出現。它飄舞旋轉著飛近，我仍然癱軟著，直到這光亮飄到我的面前，落在我的胸前，發出耀眼的白光。

「你終於醒了。」

睜開眼的第一眼，我就看到了坐在我旁邊的嵐三和外面已經開始微亮的天。

「我這是怎麼了？」我的整個大腦現在只有鈍痛和混亂。

「你暈倒在櫃子邊了，不是叫你不要亂跑麼？真是生病也不安歇，平日裡大門都懶得出的人，一到生病，倒還生龍活虎了。要不是我感應到我給你的那條靈擺石有些不對勁兒趕回來，你估計就給凍死了。起來先喝點粥，墊墊肚子。」嵐三扶起我，給我的後背塞了個枕頭，「不過話說回來，你昨晚不好好躺著休息，怎麼暈倒在櫃子面前了？」

我慌忙吞了一口粥，心裡腹誹著，要不是為了這口吃的，我也不會大冷夜裡拖著病軀起來了。還熱呼著的米帶著溫度緩解了我大腦的渾噩，我開始回想起昨晚發生的事來，我像吐苦水般把昨晚因為「餓」所以起身覓食到後面發生奇怪的事給一股腦兒倒了出來。

「這還是自你生病以來，看你最有活力的一次。」嵐三努了努嘴打趣道，「你是說你的左耳聽到這個屋子裡的櫃子裡傳來異聲？」他總能把調侃的話和正經的話接合得如此自然。

「對，接著我就失去知覺了。」

嵐三有些遲疑的起身，我看著他鎖著眉頭，一會兒便拿出一些莫名其妙的東西鼓搗櫃子去了。

「我剛才用索魂燈檢查了下這個櫃子，目前並沒有發現什麼異樣。但既然是你聽見了這個櫃子裡的聲音，那就說明這個櫃子定是有不對勁兒的地方。總之，你記得戴上我給你的那塊靈擺石，至少可以暫時護你安全，這邊我還得先忙完那邊的事……」

「嵐師父！」一個急切的聲音打斷了嵐三的話。出現在房門口的聲音的主人是一位年過七十，穿著灰藍棉襖，頭髮半白但卻身體非常健朗的老大爺。

「望大爺，怎麼了？」

「嵐師父，這可怎麼了得啊！我家望月……他，他消失不見了！」那位望大爺，說著說著雙眼一紅，竟急得要淌下淚來。

「您先別著急，說說孩子是怎麼不見的。」嵐三拍拍望大爺的肩膀。

「你也知道我們這個村莊，留下來的盡都是些我們這些老骨頭，還好還有一些外頭來的流浪小娃兒來到這裡和我們這些孤寡老人作伴，所以還算有個活頭。我家望月是我在村外的小樹林裡撿的，撿到他的時候，他還是個餓得哭得臉青紫的嬰孩。所以我便把他帶了回來，是我辛苦一手拉扯大的。對於我來說，他就是我的親孫子，我們爺孫倆相依為命。這孩子也是非常聽話，就是這孩子自小就體弱多病……誒，反正我也不清楚什麼原因，留在這個村兒的小娃全部都是一年比一年身體虛弱。我家望月上個月也是他八歲生日的那天，我居然發現他有了白頭髮，真是作孽啊！倒是我們這些老骨頭們都還精神著。就在昨天，也就是你們送回老張屍體後的晚上，雖說他們一家很早就搬離了這裡，但是他去了，而且選擇回到這裡歸根，說什麼我們也得去送上他一程啊。

所以我在給望月弄完晚飯後，鎖好家裡的門窗，還特意鎖上了家裡的房門給老張頭守靈去了。住在這個村這麼多年，有的東西邪乎的，不得不信啊。我還特意一再叮囑望月吃完飯後，讓他自己在家早早休息，不許晚上出去瞎逛。而且我估計其他家的也不會准許這些娃在昨天晚上亂跑玩耍的，誰知道，等我今早守完靈後開門回家，發現望月不見了！家裡的門窗都是好好鎖好的，而且出門我也反鎖好了門，這麼一個活生生的人怎麼就這樣憑空消失了。這可讓我怎麼辦啊？」望大爺像所有的力氣都被抽走了一般，癱坐在椅子上。淚水從他臉上蜿蜒的皺紋裡掉落下來，看得我也心酸起來。

「嵐師父，你是個懂陰陽的風水師，你說會不會是死去張老頭的魂魄在作祟，帶走了我家望月？可是我和他又無冤無仇，為什麼要帶走望月……嵐師父，我懇求你幫幫我！」

「望大爺，您先別急，我這就和你一起先去你家看看。」

「我也去。」不知道從哪裡生出來的力氣，我騰地從床上跳起來，我可不想再和這屋裡那個鬼森森的櫃子待在一起了。況且喝了點粥後，我也覺得沒有昨天那樣嚴重得幾乎下不了床。

嵐三像是看透了我的想法似的，也並沒有多說什麼，只是讓我多穿點別讓感冒加重後就帶我一起去了。

消失的孩子

冬日的早晨，本就比其他季節亮得更遲，何況是在觀霧村這個常年被白霧所籠罩的地方。八點鐘的時候，觀霧村的早晨更像是傍晚的景象，還是黑藍黑藍的。迷蒙的白霧更是將所有的一切給吞進了肚裡，只給小路邊的樹林一點模糊的輪廓。

透骨的寒意彌散在空氣裡，整個山裡只有從張大爺靈堂那邊傳來的靈樂還有微微的迴響。我跟在嵐三身後，一邊注意著腳下的石塊和小坑，一邊跟著他們像走入迷宮般的左拐右拐。不知道走了有多久，白霧開始變得透亮了起來，天也從藍黑褪淡成了暗暗的灰白色。周圍的小木房、樹木、水流，土地開始清晰也有了顏色。在這樣的霧裡穿梭，就算是時間也在這兒變得模棱兩可了。

「穿過這道小木橋，前面的那個小房子就是我家了。」前面傳來望大爺的聲音。望大爺家的孩子。

小屋子就和整個觀霧村裡其他住戶的一樣，房子是一層的木房，小平頂結構。我們跟著望大爺進了屋子，門鎖的情況就如他之前所說，沒有絲毫被損壞的痕跡。家裡的門窗都還保持著望大爺所說的全是內裡鎖好的狀態。這樣看來，至少目前表示並沒有人帶走望月，而望月也沒有自己離開過家。也難怪望大爺會驚慌的說孩子是消失了，甚至猜測還可能是死去張大爺的魂靈帶走了孩子。

我自是知道這世界是千奇百怪，玄秘又難尋究的，所以對於望大爺在平日裡尋常人聽來是過於神神道道的話，也多有揣測。我小聲詢問著嵐三，問有沒有可能是什麼死靈精怪的原因。嵐三只是搖了搖頭，就現下的情況來說，找到的痕跡還太少，而且事情也來得突然，所以他也不能確定，更不可妄下定論，剩下也只得再看具體情況了。

「咦？這個櫃子和張大爺家挺像的，這是什麼木做的，怎麼有股清香？」我的注意力一直掛記在這個張大爺家也有的相似的木櫃上。

「有說是黑胡桃木的，也有說是烏檀……其實，我也不是很清楚。我只知道自我記事起，這個木櫃就在我家了。這樣的櫃子我們觀霧村每戶人家都有一個。我家望月最喜歡的就是這個櫃子了，他經常會把自己喜歡的東西放在櫃子裡，還常常窩進櫃子裡和村裡其他娃捉迷藏，玩玩遊戲。」一提到望月，望大爺不由又難過得擦了擦掉下來的眼淚。自己平日裡唯一還剩的念想就這樣突然消失中斷了，任誰遇上這樣的情況都不會覺得好過。

「望大爺，現在望月的情況還沒有弄明白，您也得多注意您自己的身體，可不能先垮掉了。萬一在找到望月之前，您出了什麼事，您叫他怎麼辦？」我連忙扶著有些踉蹌的望大爺坐下來。

我一直以來都是一個單獨漂泊慣了的人，自是沒有嘗到過來自於親人的情誼，所以對於這樣的關愛，我是遲鈍甚至是沒有渴望。可是從小到大唯一能讓我心裡泛酸能讓我也會難受的就是老人了。每每看到他們的白髮、皺紋，因為掉了牙齒而癟掉的下巴，總是讓我沒來由的心酸和不忍。所以看到七十好幾，頭髮灰白，本已走過大半個人生但此刻卻傷心得像個孩童的望大爺，我更是覺得難過。

「我都是已經一腳踏進閻王殿，黃土埋到脖子上的人了。死對於我來說，我不怕，可是我一直放心不下的就是我的這個孫子。他才這麼小，也是個被拋棄的可憐孩子。我們這個村啊，都是些命苦的孩子，不知道是造了什麼孽緣，這些孩子們個個都體弱多病最後因為衰老而死去。大一點的也都幾乎沒活過十五歲，倒是我們這些一大把年紀的，卻身體還這麼硬朗……」。

「望大爺，您放心，我們會盡力幫您找望月。還有您說望月原來最喜歡這個木櫃，那我能否打開看看？」

「你看，你看吧。」望大爺擺擺手。嵐三拉起那個獅子頭樣式的手環，打開櫃門，裡面不過只是尋常的佈置而已，而且還確實是普通得沒有一點特色：整個櫃子裡面被分為上下兩隔，上面的一隔放著望月的一些衣物和蓋的被褥床單。下面的一隔放著一些應該是望月平時玩耍拾來的一些鵝卵石以及其他一些零碎的小玩意兒。除此之外並沒有其他的發現。

最後，我和嵐三因為這邊還得繼續操辦張大爺未完的祭禮所以就先離開了望家。

從剛才那股壓抑的氛圍出來後，我的肚子又開始準時發出了警告。嵐三帶我來到張大爺的靈堂這邊，那些守了一夜的老人們也都紛紛起身回家休息去了。我只得先啃幾個饅頭解解餓了。

「張大爺家其他人呢？」看著守夜的人裡並沒有他們的蹤影，我這才想起我好像一直沒有見過他們家其他人，所以不免好奇道。

「留給我一筆錢後，說有事也沒回來，就直接把所有這一切交給我了。」

「這樣就走了？自己的父親死了，不守夜，連葬禮都不參加?!」我一口氣差點沒被饅頭噎著。

「所以說，這也是讓人覺得有點奇怪的地方。不過你們這些人還真有意思。」嵐三面無表情的望著張大爺的那口木櫃棺材，「明明生活在光亮之中，但卻總是有那麼多黑暗的影子，看是一副朝氣的軀體，但卻怎麼也捨不得剜掉那腐朽潰爛的傷疤。」

我們倆就這樣安靜的什麼話也沒有再說。

連續的消失

「觀霧村因長年都被白霧籠罩而得名，這個小村莊一年裡從傍晚到早晨都有霧包裹，只有午間到下午這個時段，濃厚的霧才會消退成如紗薄霧，和白茫茫的濃霧不同的是，這薄霧紗透透的，若是遇上晴天，就如同反射出七彩光芒的彩雲，煞是好看。所以有一段時間這個村曾吸引了大批外來的人前來觀霧。

而這個小村莊另一個奇特在於這裡的樹木，先不說村裡每家每戶所用的幾乎都是由樹木草葉製成，而且這裡的樹生長的態勢也實在奇怪。整個村裡上村頭的樹長得鬱鬱蔥蔥，越是寒冬冷月的越發青綠、茂盛。而村尾的樹則剛好相反，幾乎全是光禿禿的樹杆。僅存一棵有葉的樹，位於村頭尾中間相交的地方，則更為怪異。它是越到春夏季，萬物復甦成長之時，枝葉越是幹枯萎黃，反倒越到嚴寒時，卻能在青綠中結出紅彤彤的果實……」

那邊的嵐三正和村裡的老人談得起勁兒，而我則是一邊聽著一邊等著好不容易挨到午間用中飯，雖說是喪禮中搭配的「喪飯」，也不過全是清一色的清淡素食，但對於我這個還在患病期間而且早已餓得饑腸轆轆的人來說，吃得也很滿足。除開特別厲害的病之外，一般的小病痛根本影響不了我的食欲，所以我總是會自嘲自己，小時候總是吃不飽飯，所以總是抓緊任何一個可以填肚子的機會。即便是生病，也幾乎不會讓我漏掉這項生存所需。

飯間，嵐三倒是沒動筷子，從我認識他開始，我幾乎都沒有見他像樣的吃過飯。有時我都懷疑他是不是根本就不用吃飯。

「嵐三，你是不是什麼精怪之類或者其他非人類的存在？我看你怎麼都沒吃過什麼食物……？」我湊到正在和村裡一位老人交談的嵐三邊上悄悄地問到。

「我吃的時候你沒看見，吃你自己的飯去，吃飽點，等會兒好上路。」嵐三被我打斷話，有些不悅的抬了抬眼，這個半吊子嘴也蠻損。我只得灰溜溜的端著我的飯碗又坐回飯桌旁，想著以後總要揭穿他的真面目，不由一陣興奮。

整個用餐就在我對嵐三不停的揣測中度過了，沒想到的是，中午剛把放有張大爺遺體的木櫃棺材合棺，村裡的另外三個孩子也跟著不見了！根據那三個孩子家裡人的說法就是，三個孩子像往常一樣聚在其中一個孩子家裡玩，也就是何大爺家的何歡。可是等到中午何大爺叫孩子吃飯的時候，發現家裡根本就沒人。

何大爺以為幾個皮孩子只是出去玩了，可是左等右等都不見幾個孩子回來，這才急忙忙的四處去尋找。可是整個觀霧村本就只有那麼一點兒地方，而且今天是張大爺合棺的日子，所以大家也都在忙著幫忙，也都沒有見到過三個孩子的身影。

本以為這些孩子是在外面不見的，但是緊挨著何大爺家的皮奶奶卻說這三個孩子是一直待在家裡，根本沒有出過門。原來，因為她的腿疾發作，所以皮奶奶並沒有去張大爺的「合棺」儀式，整個上午她就坐在小屋外的院子裡縫補衣裳，從那兩個孩子來到何歡家起始，她就沒有看到過幾個孩子有出去。

「因為屋裡的光線不太好，我當時就在這兒做些手工。我看見那兩個孩子來找老何家的何歡，從他們進去後我就沒看見他們出來過。直到後來我見老何匆忙出去，等他再回來時，我一問，才知道幾個小娃不見了……」

「您中途沒有離開過嗎？」

「沒有啊，年輕人。我整個上午就在這兒坐著呢，平時也是累了經常會在這個小籐椅上打打瞌睡……」

「那您有聽到什麼奇怪的聲音或是看到什麼異常的東西？」

「看倒是沒看到，不過，聽……」皮奶奶在嵐三的詢問下努力回憶著。「我有聽過轟轟和吱吱的聲響從老何家傳來。雖說我一大把年紀了，但是我們這兒的老人們全都身體硬朗著，更沒什麼老花眼和聽不清的。加上本來都是小木屋，又隔不了什麼音。那聲音聽著像是什麼東西被卡住了一樣，還像櫃門開合的那種吱嘎聲，這樣想來也是奇怪。而且那聲音本該是細細微弱，但卻清晰得很，我當時也只是覺得也許只是幾個孩子在鼓搗什麼東西，並沒太在意。」

又和櫃子有關？從我上次聽見從張大爺家的櫃子裡傳來的神祕聲音後到望大爺家望月的消失再到這幾個孩子的消失，都或多或少有「櫃子」的存在。雖然我和嵐三去查看了何大爺家的那個大木櫃，但整個木櫃和望月家的那個櫃子沒什麼兩樣，要說唯一不一樣的只是何大爺家的那個櫃子顏色更深一點。

「嵐三，你說這會不會是和櫃子有關的什麼靈之類的東西？」回來的路上，沉默了好一會兒功夫的嵐三這才出聲道：「我在想會不會是『櫃象』。所謂『象』和其他的精魂怪魄不一樣，它並不是一個可以單獨出來的存在。應該說它只是一種類似於『影子』的那種反像，一種附屬。是死物、沒有生氣之物偶然而得的息靈讓它有了靈氣，而也正是因為息靈才讓這些東西得以有了一絲生命線，它靠吸收一些活物的散靈來存活——比如上次的枕靈以吸收人的情緒欲念為生，只不過它沒有類似枕靈這樣強大的力量。它們所吸收的不過是一些對應它們屬性的零碎氣息。對活物也是無害的。所以這個『象』存在於各式死物中，而其中的『櫃象』傳說是來源於被遺忘在角落裡製作多年的老木櫃。裡面放著一些同樣被遺忘多年的物品和滿箱的灰塵。正是這年久的遺忘滋生出了屬於木櫃的『息靈』，最後衍生出了『櫃象』。隨著櫃象的力量越來越強大，相傳櫃象後面的門一旦被打開，人就會被吸進門裡的世界，永久溺入回憶的世界。

「那這樣就能說通了啊，這些孩子不都是在家裡，在沒有人為因素破壞的情況下消失的嗎？也許他們是被這些『櫃象』帶入了另外一個世界，而且這些櫃子，老人們不是也說是上一輩留下來而且還是家家都有的東西。這很契合你說的櫃象的特性，接下來，我們應該想辦法找到打開櫃象之門的方法，去幫忙解救那些孩子。」我認為這次的推斷合情理，應該沒錯。

「沒有你想的那麼簡單，艾言寧，」嵐三搖搖頭，「你難道沒有覺得整起事件所涉及到的因素還只是碎片化的麼？而且存在很多不合理的地方。我說的這個『櫃象』也許只是其中的一點，但是你如果只用一個勉強可以解釋的小點去作為整個圓的解釋，未免太魯莽。」

「我片面也好，莽撞也罷，可是目前最重要的是要抓緊時間救那些孩子。你也說過被吸入櫃象之門的人會沉溺其中，耽擱的時間越久他們就越危險！嵐三，這可是幾條鮮活的生命，能不能不要任何事都要去追究得那麼清楚！」我也不知道自己是不是被一直不見好轉的感冒給燒昏了頭，明明心裡知道嵐三說得合情合理，但是那些任性的話就是不受控制從嘴裡吐了出來。是因為那些體弱多病，和老人相依為命的孩子讓我想到了從小生活在孤兒院的我，所以才讓我有了這麼大的反應？

「我知道你想幫忙儘快找回那些孩子，但是艾言寧，不是只憑熱血悲憫你的正義凜然就可以解決任何事。而且你得知道，」嵐三突然俯下頭盯著我，用從未有過的嚴肅和冷意說道，「你不知道我是費盡多少心血才找到你，我是如何千辛萬苦竭力護你周全，你也不知道你背後所要面臨的是你絕對想像不到的險境，是連我也還不清楚的未知深淵。我絕不許你用自己的命當做玩笑。重要的是，我沒有你那麼仁慈和憐憫，關鍵時刻，我只會想盡辦法讓你活著，其他人與我無關，我在乎的，也只有你的命！」

嵐三的話像黑暗裡突起的巨響，震得我久久無法緩神。我看著眼前這個一直以來瘦削，沉靜如海的人，看著他幽冷的雙眼。也許，他另一重藏匿起來的黑暗才是本來的他。但我知道，從他向我伸出手的那天起，我對這個人就有了難以言述的信任。不管他背後有多少不可知的祕密，晦暗，我也可以無條件的對他深信不疑。

夢生

從昨天和嵐三鬧了氣之後，我的感冒不爭氣的又加重了。我只得又重新躺回那間滿是木香，有讓我聽見異聲的木櫃的小房間裡。雖然嵐三有設過結界以防止櫃象的出現，再加上那條現在仍好好擺在我的胸口用以幫我過濾掉其他鬼魅聲干擾的靈擺，但是我卻仍舊感到越來越無力，全身涼颼颼的像是風口裡濕透的抹布。身體像是某個地方破了個洞，嘶嘶的往外瀉著氣。那些先前被靈擺石隔掉的聲音又開始漸漸響起，視窗邊的那個櫃子隱約冒出「吱呀」的聲響。幸而上次的怪異嗓音沒有再在耳邊出現。而嵐三一大早起來幫我忙完這些事後就匆匆出去了。

應該是在為我莫名其妙的病著急吧？我也不明白為什麼這次一來到觀霧村，整個人就像中邪般的虛弱。看來還是和我這陰寒體質脫不了關係啊，也難為嵐三不僅要忙著葬禮和查探觀霧村裡那些孩子的消失案還要操心病得快軟成一攤泥的我。不過想想這應該也是我第一次感到被人記掛和靠近吧。

就這樣想著想著，我又陷入了昏沉沉的睡夢。

我知道又是上次夢裡出現的那片樹林，我還是躺在那塊紅土地上。但是上次還照得發亮的太陽卻儼然變成了如血夕陽，血紅的光溶進紅土地裡……慢慢融化……融化，我身下被泡得軟脹的紅土地開始滲出粘稠的血！它越滲越多，最後匯成了一條紅得發黑的血泊。原來枝葉繁茂的樹木此時卻在剎那間全部枯黃，那血泊頃刻間像有了生命一樣，向我緩緩爬過來，慢慢攀上了我動彈不得的四肢……

「靈避魂歸……」忽然，所有一切壓得我快要窒息的重量都消失了，早冰冷得沒有任何知覺的四肢開始被注入絲絲溫度，清透至胸口處蔓延到全身，然後有人托起了我的身體，從我嘴裡灌進一股氣味濃烈得簡直熏死人的液體。

「呸呸，什麼鬼東西！」我猛地睜開眼，窗外照進來的日光明晃晃的刺得我又趕忙著閉上了眼。

「還有力氣吐藥水，看來你這條命算是暫時沒事了。」

「我這是……」

「沒錯，艾同學，你都不記得你和我置氣後，感冒加重，雙眼一閉又暈過去了吧。」我有些略微尷尬的清了清乾渴的喉嚨。

「剛才你給我喝的是什麼？怎麼這麼腥？」

「龍血和山黃葉熬成的藥。『龍血』是藏在濕泥沼裡的水蜥蜴，一種外皮像劍尖的兩頭蜥蜴。它的血可以驅入體寒邪，而小黃葉則是養魂草，專治你這種任性又嫌命長，魂兒還總是輕易往外跑的人。」

「不生氣了？」我小心翼翼的看了看嵐三繃著的一張臉，其實，當嵐三叫我艾同學時，我就知道他早已消氣。

「我可沒有你那麼多閒工夫，總之，這次的事情很棘手。讓我奇怪的是你本不應該會屬於『它』的狩獵範圍，可是卻也受到了波及，應該說現在的你也無意中成了獵物之一。」

我忽地想到在我醒來之前所做的那兩個奇怪的夢，「對，其實在來到觀霧村的那一天，我做了一個奇怪的夢，當時並沒有在意，只覺得不過只是個夢。但是就是在做過那個夢之後我就恰巧病又加重了。剛剛在你給我灌藥之前，我就還一直沉在第二個奇怪的夢裡……」

「你夢見了什麼？」

「我記得第一個夢裡，我躺在一片全是樹的林子裡。那裡的樹蔥郁得讓人覺得異樣，而且那些樹和花草全是我所不認識的。我就躺在一片紅土地上，全身的力量好像在不斷的消散。夢裡還有刺眼的光亮和熱……而第二個夢裡，我還在同樣的地方，但是這次的夢裡只是時間起了變化。第一個夢裡原本茂盛的樹木卻在第二個裡全部凋萎，耀眼的太陽變成了夕陽。而它的光紅得就像血一樣，最後還融進了我身下的紅土地裡。我看著身下的紅土地裡滲出來的血匯成血泊。它們就像是有生命似的爬上了我的四肢，但是我渾身的精力就像被抽乾殆盡了，只能任由它們向我壓來……」

「雖說該是巧合，但你這次該得感謝『夢生』了。」聽我說完這奇怪的夢後，嵐三倒是舒了口氣。

「夢生？是類似於櫝象之類的息靈嗎？」

「不盡然，它們雖然同樣來源已久，不過夢生更為準確的說來，它是屬於預知靈的一種。在古代流傳有一種別名『道路』的靈，它們總是出現在一個人單獨行走在孤山老林的時候。為了防止行人迷路遭遇危險，它們會披髮現身帶他們找到正確的道路。不過這『道路』也有好惡之分，倘若人是遇上惡之道路，行人則會被其引至懸崖峭壁，最後將其推落。夢生呢，也有類似能力，只不過它沒有惡之夢生之說，它是完全的給人警示和預知的靈。在好幾個世紀前都有類似夢生出現的故事：大概說的就是在家等待丈夫入征參戰回來的妻子，卻怎麼也等不到丈夫回來。而妻子在夢中卻夢見丈夫被困在一個廢墟裡向她求救。妻子在不顧其他人的阻撓下毅然去往丈夫參戰的地方，最後真在夢境中的那個廢墟裡找到被困在裡面的丈夫。而在現代的那些都市傳聞中也有類似於此的情況出現，而這些被許多人歸結為不可思議現象的當然並非全是虛構。因為它們的出現正是有預知靈的存在，只是不同預知靈又有不同的預知方式而已。

人的精神力量是一種很強大且非常神祕的力量，有的人會夢到未來發生的事，或是在夢裡提前去到一個真實生活中即將要去的地方，甚至是在夢裡收到近親之人求救的信號。而人自身生存的意念本就是一個執著至深的結，所以在生命受到威脅時，以『預言』方式出現的靈隨之誕生，這種屬於預知靈其一的，以夢境方式呈現的，我們稱呼它們為『夢生』。它們往往會以預知夢的形式來提醒和給予我們暗示。但是因人自身不同的限制，再加上夢生並非其他可以依靠吸收精魄魂息而存的靈那樣能依此來存活，所以夢生極其脆弱，它們很少能夠依存人體生存下來。所以它給人提示的大都只有偶然性的、碎片化而且是經過一定夢境扭曲或者變形過後的資訊。也只有少數人能夠得到夢生的幫助，而你是天生陰寒體質，奇輕八字，更不用說本就是納千奇百怪異音的雙邪耳者，這一切都使得你的知覺異常敏銳。

更重要的是你本該最為脆弱的生命恰恰和你意識裡所掩藏的強烈想要存活下去的念頭相悖，這個矛盾的兩極所蘊藉的強大精神力量使得你的夢生可以紮根下來，並通過連接夢境來給你暗示。」

「既然夢生是預知靈的一種，那你那雙眼睛也是嗎？」我立馬想到嵐三那雙找到我的眼睛是不是也屬於預知靈的一種。

「夢生依人而生，靠生命本身的自我防禦而存，我的自我防禦裡沒有求生，而我，也不屬於這裡。」當時嵐三曾對我說過的這句話，我並不明白是什麼意思，一切直到後面，我才開始明白他生命的自我防禦非但不是求生，甚至與其相接近的甚至卻是死亡。

「按照夢生給你的夢來看，在你夢中出現的茂密樹林所對應的應該是我們現在所在的這個同樣被樹包裹的觀霧村，而你躺著的那塊紅土地，以血色和蘊涵生命孕育的土地的相合來暗指你生命體的實化。從紅土地裡滲出的血和你逐漸消散的力量則是表示著你生命靈的削弱。除此之外，當然仍舊還有一些東西不能解釋，比如兩個夢境裡出現的時間差值，從如初生般的紅日到夕陽以及從枝葉茂密到樹木全部掉落的轉變是意味著你的生命還是這個觀霧村的即將隕落，或者還是其他什麼東西的消逝？現在讓我更為疑惑的是到底是什麼樣的力量在操控著一切，那些每家每戶都有的木櫃、那些孩子的失蹤，還有這個生命跡象如此奇詭的觀霧村，甚至是張大爺的死亡和這一切到底又有什麼聯繫？」

少年一夜白了頭

「觀霧村」這個詭異的村莊就像它的名字一樣，觀霧，混沌不開，茫茫難尋，觸手難及。

正當這一切陷入膠著，讓人一籌莫展之時，之前失蹤了的孩子又回來了！他們被發現在作為村頭過渡至村尾界限，於村正中間相交的那棵樹下。

但是，讓人沒想到的是，被發現的孩子們，全都白了頭。

當聞訊趕來的望大爺和其他失蹤孩子家的老人們看到本應該是一個個年輕的生命現在竟然變得滿頭白髮，迅速變老，氣若遊絲的躺在樹下時，傷心得快要崩潰。

「又是這棵樹！一定是它在作祟，所以才把我們的孩子變成這樣！不行，我今天一定要砍了它！還有那本應該搬走，哪怕是死了屍體也不該回來的張老頭，用什麼鬼櫃子來作他的棺木，我早就說這些木櫃不吉利，是個禍害。你們再看看那些妖孽的樹！這整個觀霧村就是個生命顛倒災難的存在！為什麼我們這些早應該去閻王殿報到的老骨頭們還在，受災的總是這些孩子……」望大爺老淚縱橫，他雙手緊握拳頭，渾濁的雙眼彷彿失了神智般望著面前昏迷的望月，「對，我要砍了它！我要砍了它！」望大爺忽然像發了瘋一樣朝著樹撞了過去。

「大家快攔著，老望怕是受刺激，瘋了。」其中一個頭戴白布巾，穿著藍灰對襟棉衣，背還直挺的老者道。話畢，望大爺就被其他幾位可以說是身體還非常健壯的老人攔住硬送回家了。

「年輕人，你們是這兒唯一不屬於觀霧村的人，而且你還是個風水師。」那位老者指了指嵐三，「埋藏在這個村子裡的定時炸彈終於臨近爆炸了，我希望可以盡我的力量能夠為這些孩子做些什麼。我會把我知道的有關這個村子的祕密告訴你們，我也希望你們能夠幫助這些孩子，我代表我們整個觀霧村的老人們在這兒謝過你們了。」老者深深的朝我們鞠了一躬。

「您不必客氣。」我趕忙上前，傻傻的回鞠了一躬，「我們一定會盡力的。」

老者見我應允而站在我旁邊的嵐三並未多說什麼，便開始講起了整個觀霧村的故事：「在我成為整個觀霧村的村長前，我也是個自小就生長在這兒的本地人。當時的觀霧村還沒有現在常年不散的霧，那時它叫木林村。因為這個地方有很多樹木，所以我們乾脆直接就地取材把樹木做成各種日常用品，而且用我們村裡做成的這些東西都能保持新鮮，擁有極為持久的耐用力，我想你應該也看見了就連我們的房屋睡著的床也是用木來做成的，當然多餘的也會挑到集市上去賣。而在這個村裡，每戶人家的家裡都有一個一人高的木櫃，至於是什麼木做的，我們也不知道。只記得老一輩留下來的關於整個村的記錄資料裡有記載過這些木櫃是很久前來過村裡的一位神祕人送的。這個人在這裡住過一段時間，說是個木匠，為了找尋特別的木材而巡遊到了這裡，而在這裡的那位神祕人最後好像是找到了讓他滿意的木材。因為他曾經高興的說他找到了最新的容器之類的話，不過具體是什麼容器，資料裡沒有提到。只知道他用他找到的木材給每家人都做了一個木櫃作為回禮。自那以後，那個人就消失了。也不知道從什麼時候開始，先是村裡的樹木從原來全部的蔥郁變成了現在兩邊分化的生長態勢：村頭的樹木越到嚴寒節氣越茂盛，村尾的樹則全年都是只有光禿禿的樹杆。而長在村中間相交的那棵樹更詭譎得很。春夏之際，枝葉乾枯一派死氣，反而在秋冬卻是生機勃勃。再緊接著便是整個村裡開始莫名其妙有了常年不散的霧，所以整個村後來直接由「木林村」被人叫成了「觀霧村」。

就在這一系列怪事接二連三的出現後，另外的奇怪情況也跟著發生在了我們身上。我們這個村一直以來居住的都是孤寡老人和小孩兒，年輕一點的早就離開這個地方，而且離開後也就沒有再回來過。只有偶爾會從外面寄來兒女們的書信、物品和錢。相對來說，我們不過是些隻影單身的人，只是因為總會有其他流浪的老人或是孤童來這裡，所以才使得整個觀霧村繼續存留了下來……」

老者像是在回憶遙遠的往事般，靜靜的望著整個山林的白霧，「這裡的孩子們也是可憐啊，像被詛咒了似的，最大的也沒有活過十五歲，而且這裡的孩子每長一歲都會衰老一倍，幾乎所有的孩子都會因為慢慢衰老而死掉，他們的生命好像和村裡的那些樹一樣都是逆著時間和生命在走。同樣相反的是我們這些老骨頭卻總是越活越硬朗，不但沒有我們這個年紀裡該有的病，而且也沒有該有的身體機能的衰退……而且，我覺得……」老者頓了頓，「這一切怪事不僅在於那個神祕人，應該和死去的老張一家也有莫大關係。」

「這怎麼說？」嵐三問到。

「因為當時那個外來的神祕人在那段時間一直就借住在老張家。老張家算是整個觀霧村的老一輩了，所以自然成為招待那個神祕人的不二人選，湊巧的是在那個神祕人消失後，老張他們一家人也跟著離開了，而且他們走的時候還帶走了屬於他家的那口木櫃。只留下也就是你們落腳的那個小屋，而所有的怪事也是至那之後就開始出現的。我不知道當年老張一家為什麼要離開這裡，而且為什麼又在死後選擇回到這裡安葬。讓我更想不明白的是他為什麼要選擇用他家的那個木櫃作為他的棺木。不過現在我更擔心的是這些之前失蹤了的孩子們在消失後又忽然出現後，一個個全部白了頭，生命垂危。嵐三兄弟和艾兄弟，我懇請你們能夠幫幫這些孩子，幫幫我們觀霧村。」

逆木

在觀霧村村長離開後，我和嵐三找到了那棵位於村中頭相交的樹。真是好奇詭的一幅畫面：

現在剛入冬不久，加上傍晚的臨近，整個觀霧村又湧起了白茫茫的大霧，料峭寒風刮在臉上像刮臉的刀子一樣讓人銳利生痛。這樣的天氣凍得人恨不得把四肢都縮在棉衣裡，但是在我們面前的這棵樹，卻肆意露出地面壯碩得驚人的樹根，這些樹根彼此盤結著又往外四處延伸，像是地面上凹凸迂迴的血管。它的樹杆粗得簡直就像個龐然大物，枝幹上的樹葉鮮綠得好似要化成汪洋碧水，而那帶著白霧的葉片間則探出了一顆顆紅得油亮的果實，鮮綠和朱紅的顏色在這片白霧裡彷彿成了林間神出鬼沒的山魈，讓人直覺涼颼颼。

「嵐三……你……你在幹什麼?!」嵐三忽然「啪」的一聲砍斷了那根長得快要伸到地面的枝椏，我不由一驚。這棵樹生得這麼奇怪，還不知道它到底是什麼樣的東西，嵐三居然砍斷它的樹枝，天知道會不會帶來什麼嚴重的後果，會發生什麼樣的事情。

「艾言寧，你過來看看。」

「咦……」我看到被艾言寧砍斷的樹枝居然在落地後像被砍斷身軀的蚯蚓般迅速伸展成新的樹根，並接合成那棵樹的根系分支，難怪那棵樹的樹根如此密集龐大，而在樹枝砍斷的地方竟然又重新長出新的枝椏來！整棵樹就像一個不斷癒合重生的怪物。

「這還不是最讓人奇怪的地方，更奇怪的是這裡面。」嵐三敲了敲樹幹。

「這裡面有什麼？」

「年輪。在我的眼睛裡出現的是這棵樹的年輪。」

「那有什麼稀奇的？樹不是都有年輪嗎？」我有些疑惑。

「年輪當然不稀奇，稀奇的是我的這雙眼睛看到的是，這棵樹的年輪只剩一個圈。」嵐三皺眉。

「這怎麼可能？這棵樹按照觀霧村村長的話來說，它存活的年歲應該很久了，樹幹裡的年輪作為樹年齡的記錄，這樹的年輪應該也是越來越多，越來越密集才對，怎麼可能只剩一圈年輪，難不成它的年輪是倒著長的嗎？」

嵐三一愣，「倒著長……？」他雙眼一亮，「艾同學，這次得感謝你的提醒讓我終於明白了這棵樹為何如此怪異，我想整個觀霧村的祕密應該也是時候露出埋藏在地底的『根』了。」

「先前我們的注意力一直在那些櫃子上和櫃子裡也許存在的櫃象，雖然注意點大方向沒錯，但是我們卻忽視了這個櫃子本身的東西，也就是製作這個櫃子的材料。我們忽略了也許真正賦予這些櫃子以息靈，且觸發它們運作的本身——就是我們面前的這棵『逆木』。

『逆木』是搜魂木中最為珍稀的一種，本來所有樹木皆有年輪，以記木之年歲，但逆木卻是自幼為苗芽到長成成年樹木，它所形成的年輪則會隨樹木年歲增大而變得越來越稀疏，越來越淡，並且會一圈圈倒退消失，其中完全成熟的逆木是沒有年輪存在的。但如果取處於還未完全成熟階段，也就是還有年輪的逆木，則活物提前老化。反之如果取沒有了年輪，也即是成熟的逆木卻可讓衰老褪盡，枯竭重生。而陪伴逆木生長左右的木、林、草皆蔥蘢異常，生命力更為頑強。

相對的，以此木做成的器具也必有逆木之效。這個村子裡每家人都有的木櫃應該都是由這棵樹製成，這也能對得上村長之前提到過的那個神祕人最後所找尋到的『容器』，恐怕他所說的容器指的就是這棵逆木樹。這個村子本為風水窮奇之地，命勢多舛難，而這恰好成了這棵有違尋常命理的魂樹生長的最好土壤。

由逆木樹所做的這些木櫝雖因都有逆木靈力的注入，加上擁有這些木櫝的老人們長期存放、遺忘而衍生的息靈而成為櫝象，但大多數櫝象也是力量薄弱，最多只能算是一般靈體。所以即便是有逆木倒轉之效，還不至於強大到出現我們所遇上的掠奪孩子生命的情況。除非還有另外的一股力量通過這些操控這些櫝象來汲取這些孩子年輕的生命靈。」

「那到底是什麼樣的力量？」按照嵐三的意思，這種非比尋常的存在應該會是解開這一切謎團的鑰匙。

「櫝夭。」嵐三緩緩吐出這兩個字。

「櫝夭？也是息靈之類的嗎？」

「它可比息靈強大多了，你可以把它看作是給予所有普通櫝象靈力支持的一種物靈，它自是由櫝中而生，但它卻是由逆木的心臟木所做的木櫝所化。萬事萬物即便是虛無縹緲的靈、魂、神、魄都有一個支撐它們凝聚存在的點，我們統稱為『心臟』，而我們面前的這棵逆木也是如此，你也看見了這棵樹生生不息的生命力和顛轉命勢的能力，而生於由這棵樹心臟所做的容器的櫝夭，才因而會有如此異常的力量。」

關於『夭』在古語中，有所謂『桃之夭夭』形容女子好容顏和美麗，而夭本身就有草木茂盛美麗之意。在它作『襖』音時也指剛出生的獸、禽抑或草木。與其繁盛之意用得同樣頻繁的是它表示『短命』的含義，稱『夭絕』，因遭疾病而早死的是以叫做『夭厲』。我曾在很久前的一本妖邪典籍記錄裡看到過，『櫝夭』這個詞因而來源於此：由櫝中生，櫝由逆木化，逆木可倒轉衰盛，顛氣命始終。故新生而早夭，繁茂萎為虛老，常夭厲，絕而短命。因而合取兩意，作為『櫝夭』。也實在是巧妙的取名。」

「那村裡那些老人身體越益健朗的原因是不是也是因為這些木櫃的原因？還是說雖可能是無意識的，但是他們也許正是通過這些木櫃汲取了那些孩子們年輕的生命所以他們倒是越來越年輕，而孩子們卻會最後因衰老而死？」我腦海裡忽然閃現了這個想法，「而且按照你的話來說，櫃夭雖能逆轉生命始終，但它卻並非應該只是針對村裡的那些小孩兒才對，是不是有什麼賦予了或者是強行加予了它一種指示，所以才會只集中的出現在樹木和孩子們的生命態勢上？而且，我想不明白的是按照村長的說法，以往村裡的孩子都是以緩緩遞進的方式衰老直到生命終結，為何這次卻是在這消失的短短幾天的時間裡全部白頭，生命急遽枯竭？」

「這些問題我也有想到，所以，接下來，我們得去問問『張大爺』了。」

我驚恐的以為張大爺沒死或者是會以鬼魂的形態出現在我面前，直到嵐三打開那口櫃子，看到裡面確確實實的有人躺著，我的耳邊也沒有出現張大爺的聲音時，我才舒了口氣。但是，一口氣還未平息，眼前的一幕卻讓我幾乎不敢相信自己的眼睛！

離張大爺死去已經過了好幾天，他的屍體不但沒有發出任何一絲屍氣，我竟然看到他本應該蒼老的臉居然變成了光滑沒有任何歲月痕跡相加的嬰孩面龐！還未完全倒退為嬰孩狀態的肢體縮在此時早已不合身量大小的壽衣裡，整個櫃棺裡漸漸散發出的濃烈木香讓這一切的顛倒都顯得說不出的詭異！

「這……這就是逆木的力量嗎？」原來看生命倒轉，居然是這樣一種讓人震驚到恐懼的感覺。

嵐三並沒有回答，他只是讓我俯下身去聽。難道嵐三讓我去聽張大爺是否會出現心跳，那麼張大爺真的會轉變為新生的嬰兒？我實在不敢想像。

「聽見了什麼？」

「嗯？很奇怪的聲音……不是心跳……」我凝神聽著左耳裡傳來的聲音喃喃道。「倒是……很像什麼東西在生長的聲音……」

「看來不會有錯了。艾言寧把我給你的靈擺石給我，然後你退後。」我不知道嵐三在打著什麼樣的啞謎，我只照他的話解下戴著的靈擺遞給嵐三，只見嵐三拿著靈擺，嘴裡念念有詞，接著他把水晶石懸於張大爺額頭處，霎時一片妖冶的紅光從整個櫃子裡綻開，爆裂開來的震耳欲聾的巨響彷彿是櫃子狂烈的咆哮！那些紅光迅疾纏繞成的黏滑藤枝緊緊纏住我和嵐三的身體，把我們拖進了那溶成黑洞般不見底的木櫃裡。

連通的世界

這四處垂掛著無數枝條，像無數人倒垂的舌頭的地方是哪裡？我記得剛剛我和嵐三被那口放張大爺屍體的櫃棺裡出現的紅光給拖了進來。我望著這個像地底洞穴的地方，昏暗得讓一切東西都顯得猶如暗夜中的鬼魅。

「艾言寧，你沒事吧？」耳邊響起嵐三的聲音。

「沒事，我們現在是在櫃子裡面嗎？」

「準確說應該是櫃夭的世界。」

我和嵐三接下來在這個櫃夭的地底世界裡穿梭了不知道有多久，仍然沒有找到一個像出口的地方。因為我還生著病的緣故，所以嵐三決定先暫時停止尋找，我們就先坐在地上稍作休息。

「嵐三你不是會隔空取物嗎，為什麼不取一些什麼可以幫得上忙的東西？」我忽然憶起上次遇見反枕靈的情景，嵐三在我聽到那只玉枕的聲音後，用眼睛找尋到了它並且還劃開空間把它取了出來。

「我還沒那麼大能力可以做到隔空取物，我所做的只不過是劃破時空的一個口，然後把藏在正確時空層裡某個角落的東西取出來而已。我們生活的這個空間只能算是多重相疊時空中的一層，平日裡為了避免不同的時空層之間的干擾和混亂，所以會有一個像套子那樣的東西來包裹整個時空，以保持平衡。只要找到了正確的時空層，是可以打開相應時空層的，所以這也是為什麼上次我讓你去聽那只玉枕的聲音。只有找到它正確的時間位置，我才能在找到它的同時又不會讓整個維持平衡的時空層被破壞。」

「你說這種平衡是不是很像我們這次遇上的這個情況，生命的衰老進程被破壞，整個觀霧村的命程就像被打開錯了的時空層，混亂失衡。還有，你說那個做這些櫃子的神祕人到底是什麼來頭？會不會和上次的事情也有關？」

「一個故意打破平衡空間的人，看來是一個和我一樣無聊的人……」

我和嵐三在這沒有出口的地底裡，居然此刻像侃起了家常般越談越遠，直到一個蒼老的聲音赫然響起：

「是你在找我麼？」

「嵐三！這個聲音就是我上次在張大爺家聽到的那個櫃子裡傳出來的聲音！」我吃驚的拉著

嵐三站了起來。

「別慌張，既然是你最先聽到了它的聲音，那麼你就答應它試試。」嵐三低聲道。

「是我在找你。」雖然有些擔心，但是我還是照著嵐三的意思回應了這個曾經把我嚇得不輕的聲音。沒想到我話語剛落，四面八方即刻湧上嚶嚶哭泣，哭聲悲慟又絕望，如泣血哀鳴。我抬手一抹，才發現不知道什麼時候整個臉早被眼淚打濕。我只是覺得聽見的這哭聲讓人像是在暗無天日裡沒有期限的等，而這等卻是久得沒有盡頭，久得應該連自己都不記得等的是什麼。

只有身旁的嵐三，仍舊一直沒有任何反應。

緩緩的，有一點光從地底亮起，漸漸光芒照耀開來，整個地底洞穴被照得如同發亮的白雪。等到光亮散去後，我們已經不在昏暗的地底洞穴了，之前把我們拖入棺底世界的那口櫃棺仍舊完好的立著，之前被我們打開的櫃門此時也是規整的合上了。而在我們面前出現的是一片熟悉的樹林。

「這不就是觀霧村長有逆木樹的地方嗎？」我終於反應過來這個熟悉的地方是哪裡了。

「沒錯。張大爺櫃棺裡的世界所連通的就是這棵逆木樹生長的地方，也可以說張大爺的櫃棺是連通兩個不同世界，就是我們之前有談過的某個不同的時空層的通道。而居住在這個時空層的，我想就是櫃夭你吧？」嵐三轉身直對著櫃棺面。

「好久沒有人和我說話了。」一絲蒼老微弱的聲音從櫃棺裡傳來，接著我看見早已經合上的櫃門有了些許顫動，「哢嚓」一聲，櫃門應聲而開，一雙青筋凸起，乾枯脫水的手從裡面伸了出來。

「你是張大爺？」看著他從木櫃裡坐起來，我還沒有從張大爺這突來「復活」的震驚中緩過神，為什麼我的耳朵一直沒有聽見它的聲音？

「是也不是。」我望著那張雖然臉已經化為嬰孩，但聲音和軀體仍舊還是老年狀態的張大爺，大腦一片空白。「我是你這位風水師朋友所說的櫃夭，只是我被禁錮進了這具身體之中，所以你現在看到的只是有我注入的這具身體，但並不是本來面目的我，所以我是你口中的張大爺但又不是他。」這聲音，蒼老得像我小時候生活的孤兒院裡長的那棵老樹。

「恕我冒昧，是你在一直汲取整個觀霧村孩童的生命麼？」嵐三掛著霜的臉上鎖緊了眉。

但是讓我沒想到的是，這個擁有顛轉生命始終的力量的「櫃夭」卻是像是所有一切並不知道的茫然。

「我知道你所說的這個觀霧村，在我被禁錮進這具身軀前我一直在這兒看著村裡面的那些活蹦亂跳的娃兒。你們應該也知道，我是用逆木樹心臟處的木頭做的木櫃中所衍的櫃夭，從我開始有了意識起，我就待在這口櫃子裡。「逆木」樹是有你們所說的顛轉倒退的力量，但是它本身的力量並不會汲取孩童鮮活的生命，這樣陰狠的方式會讓逆木樹從搜魂木墮滅。

我在這兒也不知有多久了，從我存在櫃中之時，就一直看著整個村，我喜歡那些孩子，不知道為什麼一看到那些孩子我就會覺得開心。直到後來不知道發生了什麼事，本是存於木櫃中的我被封印到了這具軀體上，我沒有了力量，唯一能做的就是通過這木櫃的連通之力重新回到長有逆木樹的觀霧村裡。」

「你是說這一切不是你在操控？」我繼續追問。

「我也不清楚。我只知道這具身體的主人死了之後，我才終得以釋放。」

「我好奇的是是什麼樣的力量把你封印進這具身體，而且為什麼是這具軀體，封印的原因是什麼。」看到嵐三也是納悶的不解，剛以為找到破解的鑰匙，這下又丟了。

「也許，我的那絲息靈可以幫助你們。」

遺失的息靈

嵐三曾經略微提過息靈，但具體的息靈緣來他也並不瞭解。在我們好不容易找到櫃夭並以為它極有可能就是操控整個觀霧村的那股力量時卻不想事情並沒有完結。而我們得繼續撥開這迷霧的法子就是找到櫃夭那絲遺失的息靈。

「息靈類似於你們人類的記憶感知，它可以記載我們要存儲的資訊，但是息靈和你們單純的記憶存儲不一樣的是它往往是一個靈體最本來的面目。息靈的性質決定了我們的形成，而我的息靈我自己也不知道，所以我不知道我的過去，也許我的息靈是像這個觀霧村裡的那些孤寡老人也不一定。但是如果能找到息靈，應該可以找到我到底是被什麼所封印，應該也能幫助你們去救那些孩子吧。」雖然知道了息靈的來由，但是這浩渺世界如此寬廣，我們又該上哪兒去找那絲息靈？

「艾同學，別氣餒。」看到了我懊惱的模樣，嵐三非但沒有絲毫被我們所面臨的棘手難題所影響，反倒不緊不慢的安慰我，「雖說息靈可存的空間多，但是你還記得我之前有給你講過的那個時空層嗎？為了避免時空層的混亂並保持時空層的平衡，那些不同時空層裡的東西都應該待在相應的時空層裡。換言之，既然沒有時空層遭到破壞，平衡也並沒有被打破，那麼就意味著……」

「意味著它還待在它相應的時空裡，只不過是被其他未知的力量以另外的方式藏了起來！這也是之前那些孩子為什麼會憑空消失的原因，因為他們也被藏了起來，藏在這個時空層的某一處，不過到了最後因為某些原因又被送了回來！」我終於明白為什麼嵐三對我們尋找息靈所即將要面臨的困境時，非但沒有該有的擔憂，而且還表現得這樣輕鬆的原因了。

「別忘了櫝夭由逆木樹心臟木所做成，那它的本體就是這棵逆木。而櫝夭為何會有顛轉的力量，不過也皆是來源於逆木。」嵐三提醒道。

「但是這棵逆木就像一座龐大的迷宮，那絲息靈會藏在哪裡……嗯？我的耳朵裡傳來好像什麼東西在地上拖行的聲音……那聲音好像就是從樹幹裡傳出來的……」我指了指逆木樹樹幹。

「對，我知道了！」我一拍腦袋，我想我應該明白了那絲息靈的藏身地了。

「說來聽聽。」嵐三略帶期待的等我繼續說下去。

「櫝夭是源於逆木，而它的力量自然也來源於逆木。而逆木樹的力量又和什麼有關呢？我想就是它的年輪。你之前告訴我完全成熟的逆木是沒有年輪的，可使得枯竭重生，而還有年輪的逆木則會使活物老化。因為先前村裡的那些樹和整個觀霧村老人和小孩的相反的生命態勢，我們一直以為是村中那棵未成熟逆木的力量在作祟，我奇怪的是，如果說這個村的這棵逆木是未成熟逆木，那為什麼這裡的老人們身體會越來越硬朗？而且櫝夭也有說過哪怕是未成熟，可使活物衰老的逆木也是不會汲取孩童的生命靈的，那麼之前那些慢慢衰老的孩子們應該也並非逆木直接的作用，而且加上之前觀霧村的老人有說過在發生這一切怪事之前，他們的這個村子是樹木茂盛的木林村，而且他們所用這些木製成的木材器具都具有不可思議的耐用和生命力，所以如果生長在這兒的逆木是未成熟逆木的話，那這一切不是就相互矛盾了？所以我推測這棵逆木樹該是完全成熟的逆木，它真正的力量是不息的生命力和幫助枯物重發生命力。

你的眼睛不是看到過這棵逆木還有讓我們一直納悶的，剩有一圈的年輪嗎？這一圈年輪就是櫃夭被隱藏的息靈。」我越說越覺得有信心：「我甚至認為我剛才耳朵聽到的那個拖動的聲音就是這圈年輪因為原來一直被封印的櫃夭，而現在被釋放出來所以被施加在息靈上的力量減弱，已經開始慢慢往後回縮的聲音！」

「看來這次感冒發燒倒是把你的頭腦燒聰明了不少。」嵐三半是嘲諷半是誇讚。「雖然你的在推測中有些地方還有問題，但也大致正確。沒錯，櫃夭的那絲息靈就是這棵逆木僅存的最後一圈年輪。它確實如你所說是因為櫃夭的釋放使得加在息靈身上的力量減弱，所以正在慢慢從逆木中散去。

但把息靈藏在逆木年輪裡絕不只是起到封印息靈那麼簡單，正是因為這被封入逆木中的息靈造成了另一個時空層的被錯誤打開，這才是為什麼會出現那些孩子的生命會急遽枯萎的原因。本是使枯物重生活力的成熟逆木，卻被強行灌入息靈所化的一圈年輪，即使只是一圈卻也足以使得逆木的力量得以逆轉。逆木的時空層失去原本的平衡，為了重新獲得平衡，維持這個平衡時空的力量就會開啟修復以繼續保持平衡。但是這種自動的修復所帶來的卻是那些孩子們的生命力的流逝，他們的生命力又轉而化為給予逆木本來可使枯物重生的力量，所以那些老人們才會年歲越大，生命力越繁茂。

換言之，正是這些老人們在無意識的情況下被強行灌入了這些孩子的生命靈所以那些孩子才會因流失生命力而衰老。整個觀霧村的樹木也因為逆木力量的扭轉，所以才會出現於之前不惜生命力相反的生命態勢。」

「為什麼它選擇的是這些孩子？」

「老人和孩子，如夕陽和朝陽，同死亡和新生，這樣的兩極正是逆木樹息靈的靈性。我想這也正是他們為什麼會成為這一切事件中組成因素的原因。」

「嵐三，你說為什麼那股力量對我也有影響？」難道真的只是因為我的這具體質特殊的身體？或者還是因為我的左耳？

嵐三沒有回答。

我只是覺得我們才剛剛從迷宮裡走出來，又陷入了迷宮外的另外一個怪圈，圈繞著沒有盡頭。在我們把櫃夭的息靈抽出逆木樹後，那些白了頭的孩子們也都恢復了原樣，重要的是其他孩子們的衰老也都消失了。整個觀霧村的樹木也隨之回復到原來的樣子。

雖然我們最後也算是幸運的找到息靈，幫助到了那些孩子，但是讓我們沒料到的是櫃夭的失蹤。在我們已經幫忙找到它的息靈，離造成這一切事情發生的力量更進一步的時候，它忽然消失了。

我們不知道它之前說的話是否是在欺騙我們還是說它告訴我們的是真實，也不知道它的失蹤到底是在它的計畫之中還是和那個來到觀霧村最後又去無影蹤的神祕人有關。

我們仍然無法得知那個神祕人和張大爺一家有什麼樣的暗藏關係，如果是他把櫃夭禁錮在張大爺的身體裡，那又是出於什麼樣的因素？如果不是，那又是誰？而最後張大爺為何要選擇用那口櫃棺作為棺木重新回到觀霧村。難道是誰有意讓那口櫃棺回到觀霧村，讓它成為這一切事件發生的觸發器？

還是說連嵐三的同去也在計畫之中？

這些我們都不得而知。

我只知道，儘管我們幫助了那些孩子，離觀霧村事件也暫告一段落，但是那些仍舊未撥開的霧就像雄踞在我們身下的陰影，如影隨形，我們能看見的，只是一片看不清內裡的模糊黑暗。

時隙偷

「竊，隱於目，止於耳。不可見，不可聞。時，匿於生，行且不歇，或疾或緩。或聲如洪鐘或堰如靜心。多一刻，少一息，未覺。」

——嵐三

「連著下了一周的雨，但是看起來天仍舊還是一副雨水充沛的樣子，根本沒有絲毫見停的跡象。生活在這個西南部城市啊，也挺麻煩。夏季和冬季總是特別長，春天和秋天在這個城市倒是來得既不明顯，溜得又悄無聲息。

不過這個空氣總是過於濕潤的城市雖然在夏季裡會讓很多外來人難以忍受它的濕熱，尤其是在高溫的幾個月裡，每日沒有停歇的汗液被堵塞在毛孔裡的悶熱和潮氣讓人覺得每個毛孔好像都在長出綠色的黴菌。

好在這濕潤讓這裡的冬天不會冷得硬梆梆。

生活在這個城市裡的人得在吃食上多以暖熱的食物來平衡身體裡過多的水和濕，但對於我這樣喜愛清淡、半素食的「異類」來說，一到刺骨寒冷的冬天，寒冷就幾乎成了一個大挑戰，再加上體虛，我比普通人更不耐受凍，所以為了防止讓病痛纏上我一個漫長的冬季，我會在每年最冷的那段時間裡坐上開往另一個地方的火車去躲避寒冷，每年的地方幾乎都不同，哪裡的氣候比較溫暖，我就去哪。就像大雁南飛徙往溫暖的地方，動物冬眠儲存生命的能量。儘管南方實際上也冷得要人命。

那個叫白樂鎮的地方就這樣冷不防的出現在了我這次旅途的終點。

而這個在地圖上也找不到明確標記的地方，緣於旅途無意中的迷路。也許是火車上的暖氣開得太足了吧，所以當時的我才在火車上睡過了頭。待我醒來，終點站是一個陌生的地方——只有一片荒涼的郊野和遠處矮小卻也蔥蘢的山林，我就是在那一片山林的深處，發現了「藏匿」在其中的白樂鎮。

那是個極度溫暖的地方，雖然在那樣一個未知的地方存在著，給人一種惴惴不安的情緒，但是它倒正好成了我躲避寒冷的暫留所。

當我看到立在整個小鎮出入口的石碑拱門時，彷彿有一瞬間是看到了久遠年代存在過的影子。已經黑腐變青的木牌匾上刻著的「白樂鎮」和這塊舊舊的木牌一起懸在入口處，奄奄一息得隨時都可能掉下來。拱門兩邊的石柱上刻著密密麻麻的字文，和它暗沉的紅顏料一樣，褪得模糊斑駁，像只繡花臉的鐵皮桶。我記得從我從火車上下來到找到這個地方不過過了個鐘頭的樣子，所以即使天下起了小雨，天也灰蓬蓬的要立馬暗下來，但是時間也才兩點半。

我背著隨行的行李包，站在這個像是憑空出現的桃源世界的入口面前，對這個入口裡面的世界除了充滿了興奮和好奇外，還有一股隱隱不適的驚慌——也許是這個地方太過安靜了吧。所有周圍的聲響好像被厚厚的海綿給吸得乾乾淨淨，乾淨得快要凍結，好像就連空氣也像是小心翼翼的屏著呼吸。冰涼的雨絲爬進了我的領口，雨應該還會繼續下上好一段時間，我得趕在更大的雨到來之前，找到可以避雨休息的地方。

而且我覺得這個白樂鎮一定是個不同尋常的地方。」

「一大早起來，不好好吃你的飯，看什麼看得這麼出神，飯快餵進你鼻孔裡了……」嵐三一邊收拾著他的小包，一邊往嘴裡灌著茶。

「是之前有我專欄的一本雜誌，我原來給他們雜誌寫過一段時期的連載小說，不過後面因為他們改版方面的一些原因，最後我和他們終止了合作。說來也奇怪，本來都已經好長時間沒有來往聯繫了，不知道怎麼回事，我在前幾天居然還收到了一箱他們的雜誌。我數了數，前前後後加起來有七本。」

「該不會是他們又想找你約稿了？」

「我怎麼知道？而且找我約稿的話給我打個電話就行了，用不著這麼麻煩還把之前出的雜誌寄給我吧。」是想讓我看看他們改版後的變化麼？實在讓人有些茫然，我往碗裡添了些米粥，雖然是昨晚提前做好的小菜包，隔了一夜後，味道還是很不錯。

「剛看到書裡一篇寫得很有意思的連載故事，才看了個開頭，這個作者雖然採用的是老套的手劄信件的敘述方式，不過這個故事應該還是很吸引人的」我費力的咽下最後一口包子，「對，你一直收拾那些東西幹嘛？是要出遠門嗎？」

我這才注意到嵐三從一早起來就開始不停的忙活著找東西，收東西。

「有件很緊急的事情要處理，總之，艾同學，我要先離開這兒一小段時間，具體要花多久時間我現在也不知道。在我離開的這段時間裡，你自己多注意就是，記住你所有的平靜生活都在我們相遇的那一刻就被打破了，遇到危險的情況能躲就躲，別逞英雄。我會把我上次給你的靈擺石再借你一次，好好保管，還有好好對待你耳朵裡聽到的那些東西……」我不是很明白嵐三說的最後那句話是什麼意思，只是忽然覺得嵐三突如其來的離開讓我有點不適。

當我再回憶起那天嵐三走時的情景時，我已經在開往白樂鎮的火車上了。

記得在嵐三離開的第二天，天就下起了滂沱大雨。在雨水的澆瀉下整個城市變得就像是水裡漂浮前行，搖搖晃晃的木船。這個十二月是近幾年來最為寒冷的十二月，料峭的風呼啦啦地刮個不停，瘦削入骨的凍一寸寸地吞噬掉身體裡的溫度，嘩嘩的雨聲把燈光打得支離破碎。細細數來，就這個月，不過剛到中旬，就已經下過三次雨，而且每次下雨都會持續好幾天。不知道這次又會是多久？

我縮在已經加了兩床被子的被窩裡，一片敲著鍵盤，一邊把腳靠近被窩裡那個還尚有溫熱的熱水袋。雖然窗戶早被我關得沒有任何縫隙了，但我還是覺得玻璃窗上那不斷劃過的新的雨痕正絲絲的吐著冷氣，從玻璃外浸透進來。窗外的樹被夜風吹得抖縮得厲害。

整個屋子冷冰冰的，彷彿常年凝固的陰稠潮氣化開了。

至午後起我就一直龜縮在床上以禦寒冷，這間位於地下負二樓的小居室一到雨天就顯得更潮濕了。因為房租便宜，所以沒有安裝其他多餘的家電，比如空調，更不必說是南方人幾乎不用的暖氣。本來就這樣挨著過了好幾年。也習慣了，但是今年的這個天氣卻比往常任何時候都顯得更陰冷。

我看了看牆上正走得冷清的時鐘，指針剛走過六點半，難怪外面的天已經黑透了，也到了該準備吃晚飯的時間了。我只得不情願的從被窩裡起來，裹上厚棉衣去廚房隨意煮了碗湯麵。冬天裡，吃點熱的湯麵，對於一個人來講，正好是個簡單卻又合適的選擇。

幾口熱湯下肚，身上終於跟著熱起來，平時因為有嵐三常在屋裡來回走動而讓本就小的客廳顯得有些空間有限，這會兒又回到原來空下來的狀態。電視機發出微微的白光，播報新聞的聲音輕飄飄的沒有重量，不過是些無聊的節目。電視機對於我這種不太喜歡電子和科技產品的人來講只是扮演一個陪伴的角色，一個人待的時間久了，有它的聲音陪伴也算是慰藉。而且我也不想讓自己完全脫離外面的世界，有時就應該像真正生活在這個世界網中的人一樣，瞭解哪個地方出了些什麼事情，或是知道國家又頒佈了什麼新的政策。哪怕是一個長著大餅臉的女人懷抱希望站了一期又一期，被拒絕了一次又一次但仍舊希望找到心中如意郎君的徵婚節目。

這才應該是生活應有的樣子吧。說來嵐三不過才在這兒住了幾個月的時間，這一走倒讓我這個早應該習慣一個人生活的人有了不適應的感覺。

看他走時的急切，到底發生了什麼？會是什麼急事？他沒有告訴我丁點關於他此行前去的目的，應該說即便是在平時，除非嵐三願意告訴我，否則我對他的生活真是沒有絲毫瞭解。他把自己封得嚴嚴實實，偶爾給我看的，展示出來的也是他可以露出來最外層的東西。

儘管我對這個人有著莫名的信任……

雨，唰唰唰的又下大了。社區裡的燈一盞盞的亮了起來，在雨幕裡發出曖昧模糊的光。

我揉了揉有些脹痛的太陽穴，這些怎麼想也想不明白的事還是暫時不去考慮得了。我起身，忽然想起前幾天收到的那一小箱雜誌，還有昨天早上那個我還只看了一個開頭的連載故事—這樣的雨夜果然最適合的還是窩在被窩裡看那些夾雜寫作者情緒，編織得光怪陸離的世界。

暖黃的床頭燈光打在「白樂鎮」的連載標題上，我合上電腦，靠坐著枕頭，沒有左耳裡的異音干擾，書籤標記在上次看到的位置，我取下它，繼續看了下去。

「我穿過石碑拱門，雨點也漸漸密集了起來，我只得加緊了前行的步伐。在小樹林裡穿行了不知道有多久，還好在大雨到來前，我的面前終於出現了一條往前延伸的石板古道。路口的旁邊立著刻有「白樂鎮」的青石，小鎮就在這裡了。

這個即便是在冬日裡也暖和得異常的小鎮和我小時候生活的小鎮看起來好像並沒什麼不同。一條主石板大路旁是排列得緊湊的座座層樓，樓層大致不過是在兩層到四層之間，磚紅色的外牆上蓋著鵝毛白的瓦片。還真是奇怪的顏色啊。小樓的底樓是經營著不同生意的小店面，有賣吃食的，有賣雜貨小玩意兒的，有拔牙診所……我估計這樓的二三層應該是居住的地方吧。

我找尋了一會，發現這個地方並沒有類似於旅館這種可以提供住宿的地方，它就和我小時生活過的地方一樣，是個老舊著的存在，哪裡可能還有什麼現代商業快速發展出來的娛樂休息場所。雖然還不到四點，但也許是因為是冬天，加上雨也終於肆意的潑灑起來的緣故吧，天黑得很快，眼看天光越來越暗淡。

我卻站在那裡不知道該怎麼辦才好。

幸運的是，一家樓底賣小雜貨的老婆婆收留了我。老婆婆家的三層小樓，第一層租給了賣雜貨的一對夫妻，第二層樓老人自己一個人住。而第三層則是空的。老婆婆特意把它留給急需的人，我交了半個月的租金，關鍵是租金實在是便宜得驚人。

而我即將在這待上半個月的房間，裡面也算是設備齊全了——差不多二十坪米的房間，客廳裡有一個大大的窗戶，靛藍色的窗簾斜斜的搭在窗戶旁，漆紅的木制茶几邊上靠著把牢實的太師椅。洗澡的廁所間裡自然沒有熱水器，要洗澡的熱水得自己燒，不過這裡極度暖和的溫度，用冷水洗的時候倒多過熱水，這倒幫我省了一個麻煩。而我的臥室，也是間只有一張單人床，一個供衣服存放的小櫥櫃和一個寫字用書案外加小條凳的房間。

「小夥子，我就住在二樓，每天的早飯一般是我老人家親手做的包子饅頭，稀飯，偶爾會間隔換成麵條。中飯三菜一湯，晚飯將就點，就兩菜一湯。如果你有什麼其他想吃的可以給我說，或者你想換換口味去外面吃也可以……」

我沒想到的是，本來就收得極低的房租費裡面居然還包有日常三頓飯的花費，這對於外面世界的花費而言，簡直低廉得讓人不敢想像。我不得不感謝世事的巧合，感謝因為睡過頭而不得不在陌生的地方下車，才讓我找到這樣一個奇妙的地方。

「不過，在這裡你要注意的一點是這裡的時間。」

「什麼時間？」

「我們這裡的時間很長，我不知道和你們外面的時間是不是一樣的，在這裡現在這個時候，早晨八點，天才微亮。十點的時候才能完全亮開，而且我們的夜晚特別長。所以我們這兒十點，人才開始一天的生活。十點開店鋪，十點開始活動，所以用早飯的話也在十點這個時間段。至於午飯是在十四點，晚飯則在十九點。」

「那這裡什麼時候天黑？」我注意到老婆婆嘴裡的時間只是單純以數字的增減變化來劃分時間，這樣的記法讓我有些搞不清楚。

「十六點的時候，遇上像今天這樣的陰雨天，還會更早一些。」

「那不是才用完午飯後才兩小時就天黑了？」我看了看腕上的手錶，不知道什麼時候手錶的指標早就緩了下來，就像缺少了潤滑劑卡頓著在原地踏步。

這樣的夜到底會有多長？

「二十三點是我們休息的時間，然後從二十三點再往回一直到作為晨時的八點，再到十點的天亮，這就是整個一天的結束。還有，這裡一到天黑就不會再有任何人出門了，你如果要買什麼東西去什麼地方就請在天黑前做完。小夥子，記得可千萬不要弄錯時間呢。來，我先給你塊記錄這兒時間的錶吧，你先收拾一下，等會下來該吃晚飯了。」老婆婆說完，把手裡的那塊錶塞給我後就下樓去了。

我記得剛到這個小鎮時，我的手錶還是好好的，而且時間差不多在四點，不知道什麼原因，現在錶針卻壞停了，不過按照老婆婆的說法，一會兒就是吃晚飯的時間，那應該是快到十九點了？也不知道是不是就是我們傍晚的七點，但是這兒的時間好像並非以二十四小時的計量方式為標準。

想到時間，我這才回過神低頭觀察起老婆婆給我的「錶」，如果這能稱得上是「錶」的話。

不過是塊標有時間刻度、指南針大小的石盤，但是在石盤中央有一個鑿開的小洞，圍繞在小洞周圍的是個鏤空的同心圓環。仔細一看，小洞裡還有一隻螞蟻大小的小黑蟲。

更讓人驚訝的是這只小黑蟲正以一種極為怪異的方式在……動？但它緩慢得幾乎讓人覺得它只是一隻死去的蟲屍，而小黑蟲每動一點，同心圓裡的液體就往前溢伸一點，它所對應的則正是那些標有刻度的時間數值。這是怎樣的一種計時儀器？

忽然，剛還緩慢得幾乎要停下來的液體就像又注入了一股新的力量，伸出它的觸角蔓延到石盤上標有「十九點」的刻度。就像約定好了似的。

外面的天變成一片純正的漆黑，周圍傳來的，只有急唰唰的雨聲和颯颯風響。」

我有些不捨的合上書，是一個很有趣的故事，只是再有趣也低擋不住如潮水般湧來的睡意。夜深，整個社區早已在冬雨的寒意裡熄了燈，牆上的鐘，還差一刻就到一點了。我關上了整個屋子裡最後的一點光亮，任眼皮重重的壓了下來。

清晨，讓我甦醒過來的仍舊是震天雨響，這樣大的雨居然下了一晚上。我是個睡眠時間不多的人，無論什麼時候什麼天氣，我都會在早上六點準時醒來，比報時器還精準。外面的天，還沒亮。只有昏黃的路燈還在雨裡發出夜已退去的信號，不知道哪裡來的雞鳴在雨中響起。

孤單的一聲後，晨曉報鳴的任務結束。

不過，還在夢中的人，應該聽不見吧。

我睜著眼，慢慢適應了屋子裡還糊成一團的黑。

這樣冷的天，即便是還沒挪出被窩，也能感受到那股正滋滋冒著冷氣的寒冷。況且這麼早起床的話，也是去坐冷清客廳裡的冷清沙發的份，所以乾脆再待在床上一會兒好了。就趁著嵐三不在，偷個閒。

嵐三，那個每天淩晨四點起來跑步的「勤勞模範」，哪怕是遇上雨天也從不延誤，他回來的時候恰巧是我的生物時鐘指向六點的時候，雖然偶爾我也有想賴個床的時候，但是只要他一回來，各種搗鼓聲讓我就算有心睡個回籠覺，也沒有這樣的清淨地兒可以給我。

這個傢伙不過才離開兩天，我這是有些不習慣了？

我有些好笑的擺了擺藏在被窩裡的手臂。獨身很容易習慣，而且讓我這樣陰鬱的人上癮，但是有人為伴後，哪怕只是一個暫時的介入，一次偶然的碰頭，也能讓習慣轉而帶上陌生了。

至少是像我現在這樣一種矛盾的狀態吧。

我知道最遲不過七點半的時候，我就得結束這種隨意，這種像這樣可以悠閒躲在有溫度的被窩裡，睜著眼睛，聽著雨聲等黑藍的天過渡到灰白晨間時少有的隨意。

我的一天還得有條不紊的過。但慶倖的是，還有個把鐘頭讓我可以繼續什麼都不用做的躺著。所以就算是瞪大眼睛，看著窗外還未亮起的黑天，也滿足了。

這雨，應該還會連著再下好幾天。

早上八點，和平常一樣，我一邊翻著書一邊吃著早飯。直到一陣敲門聲響起。獨來獨往慣了，不算上收房租和送包裹上門的人的光臨，我的門幾乎被剝奪了被敲擊的能力。

沒想到敲門的是住在我隔壁的張大爺。因為他老伴生病，而且住在這個社區的幾乎都是孤寡老人，他實在背不動張奶奶，所以這才來找我這個還算是「年輕力壯」的小夥子。況且這個社區的青年人本來就不多。

把張奶奶送去醫院後，我再幫著張大爺掛號排隊，就這樣挨到了臨近中午。還好老人並沒有什麼大的問題，只需要留院觀察幾天就可以出院了。反正我也沒什麼其他事，所以乾脆待在醫院幫忙照看一下張奶奶。

醫院裡的藍色椅子還是冰涼冷淡，在冬天裡讓我覺得更是不舒服。從小到大，我都很抗拒醫院，抗拒它的消毒水味道和醫院裡生和死亡的滋長轉換，以及殘缺撕扯後在反射著冷光的手術刀下被重新修補或者截斷後的扭曲。

和我從小生活的孤兒院一樣。

這裡的孩子有的會莫名失蹤，有的還沒等到走出孤兒院就死在裡面，有的只是些因為各種原因被遺忘在這兒而心理逐漸缺失的小孩兒，就像一群像等待人認領的無助流浪動物。

不管是有意或是無意，暫時或是永久，無論怎樣，「被遺棄」就是所有孤兒的標籤。

等待是棄兒們唯一能做的事，為了能更快被人帶離孤兒院去他們嚮往的世界，他們會做各種各樣屬於孩子們特別的引人注意的事，哪怕有的事只會讓他們離去往外面世界的路更遠。比如打架欺淩。

小孩子間的暴力往往更接近原始動物，沒有約束和制度的觀念，我曾親眼看到孤兒院裡一個本來是最有希望被人認領的孩子被那群不甘的孩子們推進了池塘。我看著那個在池塘裡拼命掙扎的孩子就像陷進沼澤，做著最後撲騰的野獸。

掙扎得越用力，離死亡也就越近。

他的肺在冰冷的池塘裡燃燒，我能聽見他的肺泡一個個的爆裂，他的喉嚨被窒息咬成無法出聲的洞，呼啦撕裂著只有沉悶急遽的暗響。四肢垂死的瘋狂拍打著水面，四濺的水花發出失控的尖叫。

他的靈魂碎成了躺在水底的玻璃渣子，掉滿一地銳利的顆粒。

那是我的左耳第一次納入如此多聲響，也許是生命的被剝奪太過慘烈，所以我的耳朵不僅出血而且每晚不歇尖利的聲音讓我的左耳耳鳴到一入白天就幾乎完全失聽的時間持續了大半年。

這個醫院，不，應該是所有的醫院都如此。每天，都不斷的有人進來，有人出去，有的人繼續存活，有的人最終消失。萬年不變讓人不快的消毒水味刺鼻又使人生厭。白白的牆壁，白白的醫生護士服，白白的病床單，還有人眼裡的白光。雖說都是白色，但是卻各有不同。白牆冰冷，白衣單薄，白床單總發皺，倒是人眼裡的白光，在有希望時可以亮如星，或絕望時黯淡如青灰。透明得渺渺無實。

而且那些手術刀碰撞出的無情的冷哼，劃過皮肉的刺啦，心臟的跳動，血液的緩急，病人的呻吟，起搏器的砰擊，到處散亂的腳步，電梯升降的嘎吱，可移動病床快速滑動的小輪子……這麼多聲音，這麼大聲的聲音，這些熱鬧的存在明明淡漠得讓人無法忽視，逼仄得無需藏掖。

但是沒人聽見。

沒人能聽見身體本能的排斥帶來的慌亂和不適，這對於我來說，一人「獨享」這聲潮、這個只有各式聲、音交織的世界，實在是身獨又孤寂。

那流著口水坐在輪椅上的老頭，口中咿呀發出模糊的聲調，雙眼直愣愣的，他們連自己是誰也不記得了。整天數著掉了一地頭髮的光頭女人，掉一根頭髮，就掉了一天命。地上掉滿雜草般的頭髮，就如快要荒蕪泛黃的生命。數著數著，最後連時間也數忘記了……

所以，在醫院的日子總是待得讓清醒容易模糊。

不知不覺間，有的記憶就消失了，又撕掉一天的日曆。

我坐在病房外的藍色塑膠聯排椅上，望著這些來往的人，直到張大爺提著保溫桶叫我進去一起吃飯，才又回轉神來。

保溫桶裡的排骨湯還冒著熱氣，熬燉出來的肉香散發出誘人的味道。搪瓷飯盒裡的米飯上鋪了一層炒青菜和豆角白蘿蔔絲，老年人愛吃的清淡食譜卻意外的對我的胃口。張大爺給我盛了一碗排骨湯，一邊叮囑我不要客氣，一邊小勺餵著躺在床上的張奶奶。

「老伴，我看我們還是出院吧。這裡住一晚要千多塊，而且我不喜歡這個地方，總覺得有股家裡乾黴的青菜味兒，怪難聞的。咱們還是回家去吧。」

「再不喜歡再難聞也得待在這裡，醫生不是說了要再觀察幾天嗎，妳就別強脾氣了，我不是還在這裡陪妳！錢，擔心個啥，我們這些年省吃儉用存下來的棺材本不就是留到現在生病的這個時候用嗎？人死了又帶不進土裡，該用就用！」

見張奶奶放心不下錢的問題，張大爺勸道。

「但是這可得多麻煩小艾啊。」

「張奶奶，您別客氣，我平日也是大多時候待在家裡寫東西，時間也很自由，所以也談不上麻煩。您還是聽張大爺的話安心住下來觀察幾天，沒有什麼事最後大家才能放心，這幾天住得也值。」

在我和張大爺的勸說下，張奶奶終於不再鬧著要出院了，而我則暫時住在了病房裡。晚上張大爺回家休息，張奶奶就由我照看。

本以為不過幾天的時間，張奶奶就可以出院，沒想到的是住院的第四天，情況就發生了變化。

當我敲開老人的房門時，進門的圓木桌上已經擺好了飯菜，雖然賣相樸實，但是味道倒也過得去。用完晚飯謝過老人後，我便上樓回到了自己的房間。

雖然這個地方讓人有些摸不著頭腦，但一路的舟車勞頓讓我疲倦得無法再考慮其他的事，加上才吃完飯，更覺睡意襲來，我只想躺在床上睡一覺。所以我只是草草換下衣服，連臉也懶得洗，就倒頭睡了過去。

這一覺睡得很沉很長，等我醒來時，屋外仍是黑黑的一片。雨仍舊嘩嘩的下著，我摸了摸床頭的開關，打開燈拿出從手腕解下放在枕頭下的手錶才又記起這塊錶一到這個地方就已經停止不走了。倒是老人之前給的那塊石盤樣的鐘，時間正停到十三點的位置。按老婆婆前面所說，從現在到離八點的晨時還有五個多小時，到十點的天亮還有七個小時！可是我確是再也睡不著了。這個奇怪的地方，夜晚時間怎麼這麼漫長？它又是按照什麼樣的時間流速在計算？

窗外的天黑得沒有一絲光的摻雜，整個白樂鎮除了不停的雨聲外沒有其他任何的聲響，無聲無息像是陷入假死狀態的病人。

我翻開筆記本，開始寫這個故事。

筆尖略微發顫，是按捺不住的激動？就像這裡快要按捺不住的長夜？我有一種強烈的預感：這個地方絕對可以給予我非同尋常的靈感和素材。

火車轟隆隆的往前開著，孜孜不倦的在雨霧裡穿梭，冬雨氤氳的霧氣又濕冷又黏稠。好在火車上的暖氣夠足，我蜷著雙腿，把我的身體縮在上鋪，儘量選擇一個安穩的側臥姿勢。考慮到這次旅程的距離，我買的火車硬臥的車票。整節車廂七個床號，每個床號兩張三人床，分為上中下三層。總共十四張三人床，可睡下五十二個人。萬年黴運的我拿到的床位是人根本不能坐直的最上層的頂鋪。

整節車廂彌漫著腳臭和食物的味道，有的人說著話，也有的人鼾聲如雷。

蓋在身上的被子有點濡濕泛潮，我儘量不去想這床被子上那一大灘乾涸未知的黃色印跡。因為上床離天花板太過靠近，所以人自然無法坐起身來。我小心的移動著身體以免碰到天花板。想想也是不禁自嘲自己一定是瘋了。

以前的我有時是得過且過，社區的小屋子就是我大部分的生活，我不喜歡給自己找額外的麻煩。這不過才和嵐三生活了一段時間就「迫不及待」給自己找罪受了，居然跟著那個無法證實是否真實存在的怪談故事去搭乘火車找尋裡面出現的白樂鎮。

嵐三若是知道了，也許會嘲諷我整天寫故事把自己給寫呆了吧。若放在平時，我倒也不會這樣心血來潮，如果不是從我在醫院裡照顧張奶奶開始後遇到的一系列怪事，此刻的我應該還躺在家裡客廳的軟沙發上吧。

但是事實卻是，現在的我，已經混亂到難以分辨記憶和現實了，所以我坐上了這輛火車，去尋找那個也許根本就不存在的地方。

車窗外的雨和前幾天的雨一樣，下個不停。

在我照看張奶奶的第四天起，情況開始往另一個方向發展。

之前只是說留院觀察幾天就能出院，而且檢查出來的結果也顯示並沒有問題，但就在張奶奶住院的第四天，她陷入了昏睡。在她昏睡前的當天，病房轉來了一個奇怪的病人。

從這個人被轉到張奶奶旁邊的空床上起就一直沒有醒過來，除了照看他的一個女人外也不見有什麼其他的人來探望。據說他已經被送來好幾天了，因為一直查不出什麼病，所以最後被轉送到了這間普通病房。送他來的人給醫院付了一筆錢後，留給他的就只有面前這個乾巴巴的傭人。

這個年約四十的中年女人，長著一張沉默的臉。也許總是悶聲不怎麼說話，所以嘴唇比常人長得更厚實。暗紫紅色的嘴皮就像傷口處結痂的傷疤，一顆有著肥大鼻翼、鼻孔外翻的塌鼻小小的放在那張膚色暗黃的國字臉上。一雙渾濁的眼睛，有些倒垂的眼角讓這個集合了不同幾何形狀五官的主人顯得格外怪異。

是長相怪異啊。

裹著她乾瘦身體的灰綠夾襖隨著她不停的來回走動，小心的拉扯做著伸展運動。

「大妹子，妳照看的這個人得了啥病唷？」剛扶張奶奶從廁所回到病床上的張大爺問道。

「俺不知道。」

「那醫生說的啥？我看他怎麼一點也不見醒呀？」

「俺不清楚。這家人的主人只讓俺照看著他，從俺接下這個活開始，這個人就是怪怪的。」中年女人操著一口濃重的鄉土音面無表情的指了指躺在床上的男人。

「記性又不好，脾氣還古里古怪嘞，總是忘這忘那，還神神叨叨說是什麼東西在搞鬼，現在又無緣無故的昏迷，不吉利。」

女人在吐完這些話後，也沒有再說下去。

趁女人去開水房打熱水的空檔，我仔細打量了下床上的男人。長相是很普通的，屬於那種丟進人堆裡絕對就找不出來的類型，除了頭倒是很大之外。整個人睡得還算安靜。我定下心來用左耳聽了聽，奇怪的是，這個男人的生命體征波動雖然沒有異樣，但是我卻聽到另外一種無法言述的聲音——幽幽的，有時雜亂，有時又有著整齊的節奏，像是空曠山谷中一絲輕微的響動。

總之給我的是莫名的距離感，靈肉似是不在同一個空間而產生的突兀和失真。

常人會做夢。夢境則是常物。但是夢境的世界卻是非常又隱秘，它們以奇怪的方式構建著尋常空間外的另一重時空，以我們所不能勘破的方式持續著給每一個人每一個夢。那些掉落在不同意識層的念頭、眼睛看過後停留的殘象最終都可能會成為開啟夢世界的契機。它們也侵吞時間，但這都是「常」夢。

我好奇的是：那些一直睡在夢裡的人，他們的長夢是什麼？

正當我一直在心裡揣測在這個昏睡不醒的男人身上到底發生了什麼事的時候，本來可以馬上出院的張奶奶忽然陷入了昏睡。

讓人更加驚異的還有張奶奶不斷凹陷的整個人。凹陷的部分先是從臉進而轉到全身，醫生經過檢查，並沒有發現任何異樣——身體機能良好，也沒有出現和身體萎縮相關的衰老跡象，我只得陪著急的張大爺繼續待在醫院等待進一步的治療，等待張奶奶甦醒。

而一直梗在我心頭的疑惑在我聽到張奶奶身上開始出現昏睡的男人身上傳來的同樣的聲音後滾得越來越大。

在張奶奶昏睡一周後的週一，我發現我租住的公寓裡有了陌生侵入的痕跡。

這天，下了雪。

飛舞的白色雪花並不讓我覺得有多麼浪漫，只有瑟瑟寒意凍得我哆哆嗦嗦。前些天一直待在醫院裡，因為有不間斷開著的空調，所以也懶得出來。街面上的雪已經積得很厚了，街道兩邊的小店鋪和商場的透明櫥窗裡擺上了被裝扮得精緻漂亮的聖誕樹，樹上的小彩燈正亮著彩色的光，歡快的聖誕歌和歌謠裡搖動的鈴鐺聲一樣脆生生的響。售貨小姐們戴著紅色的聖誕帽，帽上吊著的小球一動一動的跳著舞，包裹著她們大長腿的皮靴被擦得光生生的亮。

十二月二十四，原來是平安夜來了。

我是不太明白人們到底是為什麼可以把這樣一個節日過得這般喜慶和堅持，但是這樣熱鬧的氛圍我是很喜歡。一個人即使已經習慣了清靜，但畢竟拗不過身體裡另外一個渴望鬧熱的聲音。

就算只是駐足在那旋轉的小木馬前，看看那些紮著紅綠卡紙，繫著金銀緞帶的禮物，聽聽這人海中滿含期待腔調的說話聲或是一種名為「歡快」的笑，也讓我覺得我還真實活在這裡。

即便是對於我的出生一無所知，我也還覺得至少生活在我周圍的這些人之間，只要偶爾關掉左耳，我也可以就是其中之一，我也可以和他們一樣。我本來就只是一個毫無新意的普通人。

時間的步子像貓一般柔軟。

幾天未回社區，恍惚間有了幾分陌生。也許是到了下雪的冬天，老人們都不太愛出門了吧。公園裡的石凳上也鋪滿了白雪，瘦弱的樹枝椏被壓彎了腰，雪地裡淩亂的腳印被仍在飄落的雪補上了層淡妝，隱隱約約的遮住了花了妝的輪廓。

我掏出口袋裡的鑰匙，手冷得喪失了大部分知覺，插了四次鑰匙孔，才終於打開了門。回到屋裡，好在沒有發生社區經常會出現的停氣故障，我走進廚房燒了瓶熱水。

杯裡的熱氣讓我坐在沙發上僵直的身體暖和了起來，神經也跟著得以鬆弛，我呷了一口熱水。都有灰塵了。

薄薄的灰撲撲的。

一切都還是我走之前的模樣，那只還沒來得及洗的碗在飯桌上孤零零的放著，擱在旁邊翻開一頁的報紙，關得嚴實的窗戶，還有攏在一旁的豆灰色窗簾，等月底稿費匯過來，我要去換塊顏色稍微鮮亮一點的布簾，這冷冷的豆灰色在冬天，至少在心理上讓人覺得寒意更濃。

這個可以等嵐三回來和他商量商量，儘管那個總是一身黑衣服的人比我這個向來不喜歡亮色的人穿得還要寡淡。

總之，不把窗簾布換成黑色或是紅色就好了。

我一邊思考著，一邊打開窗戶讓屋裡通氣。

咦？窗臺上印著的淺色印記……是……腳印？我湊近仔細瞧著原先還算潔白的窗臺上不知何時有了一個顏色比這白色稍深一點的腳印，不仔細看，還真容易看漏眼。

我住的這層樓雖然是位於地下的負二樓，但也並非地下室，實際上外面還通有一條輕軌軌道，況且窗戶外還安有防盜網，這網還好好的，沒有一點損壞，甚至連變形都沒有。這腳印又是打哪兒來的？我記得我和嵐三並沒有踏過窗臺，而且這枚又小又窄的腳印與我和嵐三的大腳丫子也不符。這會不會是原先住在這裡的人留下的，或是裝防盜網之前什麼人在上面留下來的，只是我之前沒有發覺而已？

對於這好似憑空出現的腳印，我正百思不得其解。

沒想到的是，當我走進臥室打算好好休息一下時，臥室床的被面上赫然印著同樣大小的腳印，只是這上面的腳印顏色深了些。接著它又出現在臥室的牆上……，來來回回，然後到了天花板上又嘎然消失。

就像是誰惡作劇的用腳留下來訪的痕跡，只不過留下痕跡的地方實在是不可思議。

讓我更加吃驚的是，我發現我的房間變了。本來是靠牆放的那幾個裝書用的硬紙盒子被移到了床頭，書桌上的鋼筆被擰開了筆帽，而放在小椅子上的一雙襪子現在卻只剩下一隻！

我有些發暈的跑出臥室。

門窗還是好的！有上鎖，沒有鎖被撬過或損壞，廚房也還是原樣，嵐三的房間簡單得本就一覽無餘，沒有發現異常。整個不過幾十坪米的小房間也就只有這些地方，但是除了在窗臺上發現的那枚腳印和只出現在我房間的怪事可以證明這一切的不尋常，真真實實的存在外，其他的卻又如舊照原樣。

難道這就是嵐三說的衝著我來的不平靜生活的開始？還是這又和前面發生的事有關？更或者說是連嵐三也無法弄清楚的那股神祕的力量？

我無法解釋。

就像是憑空出現，連帶著往日裡尋常習慣了、熟悉了的日常也跟著動搖起來。

它肆意的闖入，得意得甚至不想藏匿它的行蹤。

我看不見它，聽不見它。是記憶的問題嗎？人常常會出現遺忘或是記憶錯層的情況，像是前一秒還拿在手裡的東西，眨眼就不見了，明明記得擺在桌上的書，回來卻發現它出現在書架的二層上，就像有人翻動了記憶。或是記憶沒出錯，而是看不見的它真實的潛行在我們身邊，趁你不留神，改變了我們生活著的秩序……

一陣風從打開的視窗灌了進來，沁透得我手臂起了層密麻的雞皮疙瘩，豆灰的布窗簾「噗啪」這鼓起又弓起身體，活像剝殼的大蝦。

這個和我共同生活了快十年的地方，熟悉到我閉著眼都知道路的地方，可如今我只覺得一切都變得陌生了起來。

我不知道會變成什麼樣子，接下來還會發生什麼。

我只知道我的生活在繼續偏離原行的軌道，

而且將會越偏越遠。

「當我幾度擱筆，翻完一本書，對著只有幾個頻道而且還不清晰的電視機出神了好長一段時間後。天，終於亮了。

這空出的幾個小時讓我覺得從未如此難熬。

十點，老人給我的那塊計時石錶此刻正準確的顯示著時間。那只位於錶盤同心圓中間的小蟲詐屍般動了一下。忽然，外面喧鬧了起來。

窗外，小樓底層的店鋪不知道什麼時候張羅開來的麵食小鋪上方熱騰騰的冒著好聞的白氣，街道兩邊的菜農鋪好的塑膠薄膜上攤滿了瓜果蔬菜，撂著一挑雜貨玩意兒的商販一邊走一邊吆喝著，還有敲得叮叮噹噹來回詢問要不要來塊麻糖的駝背……

所有的聲音好像是魔術師帽子裡的白鴿子，撲棱棱一起飛了出來，從一個漫長又絲毫沒有動靜的靜謐的夜，沒有時間過渡的就轉到了鬧熱。完全活了過來。還是說這裡的人也太守時了吧？

早醒過來餓得不行的胃，一聞到外面的食物味道，又鬧得慌張起來。我穿上鞋，鎖好門來到樓下老婆婆家。

桌上已經擺好了一大碗青菜粥，白盤子裡盛滿白饅頭和小包，還有一碟鹹菜和腐乳。昨天忙碌了一天，胃空落了一夜，也算終於被這頓早飯給安撫了下來。米粥有些稀，但饅頭和小包倒是格外綿實，配上脆爽的鹹菜和味道濃厚的腐乳，讓我吃得尤其滿足。

「小夥子，早飯還合你胃口吧？」

「很合，很合！」我連連點頭，謝過老人的招待後，我回到房間，簡單收拾了下外出要帶的東西——這個謎一樣的地方，我一定要在這短暫的白晝時間裡仔細觀察觀察這個地方。

「小夥子，記得可別弄錯時間了。」

我剛出小樓，二樓的窗戶裡探出老人那張皺紋縱橫的臉，還有她沒有起伏的聲音，像陳舊家具發出的自然老化的輕響，有氣無力。

告別老人後，我開始漫無目的的閒逛，從昨天來到這裡，直到現在才有機會好好打量下這個小鎮。

今天沒有下雨，天雖然還是沉甸甸的掛著烏雲。這個小鎮也夠奇怪，一個藏於荒林中的地方能有多少人？但是房子卻密密麻麻的排列著，清一色的三四層小樓錯落的疊在路旁。

老舊的電線杆上爬滿了意義不明的彩紙碎兒，豔麗的桃紅色好像女人塗抹的劣質口紅、笑得挑逗的紅唇。蹲在地上賣菜的小販們一邊嘶溜溜的吸著麵條，一邊扒拉著把多餘的爛葉折掉，沾在嘴角的辣椒油油亮油亮的。

「嘿，客官小哥，看您面生，新來的？要不要買塊石頭，這可是我今早在咱後院挖到的。」有人扯了扯我的衣擺，一個三十出頭，穿著一身白色竹布對襟長衫和一雙藏青布鞋的男子衝我擠了擠眉，他長得倒是和他動作不符的清冷。

都什麼年代了，還穿長衫，我看還差一條長辮子，這身古裝扮相才算齊活，又不是在拍古裝戲……

「怎麼樣，有沒有興趣？」男子揚了揚手中那塊石頭。

雖說還不太習慣這個男子的穿著和拉我衣擺的動作……沒錯，一個大男人拉另外一個男人的衣擺想想就讓人覺得心裡不舒服。但是他手中拿著的那塊石頭倒是讓我來了興致。整塊石頭，佈滿竅孔，色澤如白玉，玲瓏剔透，外形像一朵佈滿蜂窩的蘑菇雲。煞是驚豔好看呢。

「您再聽聽。」，男子見我不做聲，用手扣了扣石身，石頭竟然發出長短不一，清濁不同的音調，好像是從這些孔竅中流出的不同音浪，「叮叮噹噹」的清脆，「噠噠嗶嗶」的沉濁。

「它更為奇妙的是，你把水從其中任何一個小孔中注進去，最後它都不會流出來唷，所以我給它取了個名字叫九竅石——十竅為滿，一竅不通，所謂九竅嘛。」

「不流出來？那它又是怎麼發出聲音的？」我才懶得聽他說什麼十竅不十竅的，我在意的是這塊石頭既然能發聲那應該是通透的空洞吧，如果水流不出來，那孔洞應該又是封閉的，這又是連通又是封閉的，到底是怎麼回事？

「這個，我也不清楚咯，那客官，看您還要不要這塊石頭？」

「要……要……」我連忙點頭，這塊奇石對我的吸引讓我也管不了這個應該生活在古時的奇怪男子。

讓我意外的是，這個男子最後只要了我的一小撮頭髮作為換取的條件。意外收獲之後，我又繼續踏上了往前行的步伐。

一路上，倒也沒再遇上什麼奇怪的事。

不過這裡的人，雖然都忙碌又熱鬧，但是又讓我總覺得每個人都在各自忙碌每個人的，彼此間沒有交集，腦熱的倒是這些器皿碰撞發出的聲響、這些食物的香氣、這些色彩鮮豔的雜貨玩意兒。

每個人的眼神全都呆滯，茫然。

我並沒有回去吃午飯，只是在麵館裡草草吃了碗麵。這兒的白天實在太短，不過一會兒的時間，天就開始發灰、暗了下來。老人給的那塊石錶，時間顯示已經過了十六點，我只得暫停今天的行程，匆匆往回趕。

周圍的人也都約好了似的，散得利索整齊，像上了發條的計時器。

四周忽地安靜了。

我拖著略微疲乏的步子回到小屋，從回來的路上開始，我的頭就開始隱隱作痛，也不知道是不是感冒。我從行李包裡翻找感冒沖劑，常年行走在外，難免會遇上各式突發狀況，小病小痛的是常事。有時碰上到窮鄉僻壤的小地方，別說找不到看病的醫生，就連藥店也沒有的情況常見得很。所以我總是會自備很多藥丸沖劑。

可以說，我都快成了自己的半個醫生。

不管是不是感冒，先喝包沖劑當預防總不會錯。

深褐色的液體散發出濃濃的中藥味，光是沖鼻的味道就讓人嘴裡泛苦。

我皺著眉，儘量不去想它讓人膽汁上湧、反胃的焦糖色。

「什麼東西？」我從嘴裡扯出一根頭髮，髮絲有點粗，黑黃黑黃的，倒像是我的頭髮，也許是剛才一不小心掉進去的吧。今天乾脆就不下去用晚飯了。我忽然想到白天在小食鋪買的幾個烙餡餅還沒吃，要是等會餓了，倒杯水加這幾塊餅子應該可以應付了。主要是身體疲倦，乾脆補一覺，等會兒醒來還要繼續寫稿子。

我脫下衣服，拉開被子，微白的枕巾上粘著一團黑黑的東西。我的胃一陣翻湧，這團黑乎乎的東西竟然全是頭髮！

黑黃黑黃，有點粗，扎手的粗。

我什麼時候掉了這麼多頭髮了?!我抬頭摸了摸頭，隨即又是幾根掉落的頭髮沾在了手心……」

早已經關燈入睡的車廂裡，靜悄悄的一片，火車中途停靠了另一個網站，至少這節車廂沒人下車。我轉過僵硬得快生銹的頭，火車對面的鐵道值班室裡還有盞微弱的燈，疾速銳利的雨絲在車窗上劃過一道道銀痕。這些一直被當作沒有生命的鐵軌、月臺，石子路應該也是很冷的吧。

雖然火車的上鋪實在讓人睡得難受，但好歹熱氣口對著，整個車廂非常暖和。聽著外面唰唰的雨聲，這個密閉的空間倒讓我生出了莫名的安全感來。

這種感覺就像我小時候經常的幻想——我活在一個危險的世界裡，這個世界裡永遠是下雨天，打著雷，閃著電，永遠是有震天雨響和轟隆雷聲作伴的黑夜，它的外面有著未知的恐懼。但是我卻能安身在一個堅硬、可以隨時隱起身形的玻璃房子裡。房子裡有足夠的溫度可以驅走夜雨寒冷，它的外牆可以抵禦一切攻擊。我可以選擇從房子裡看到漆黑的夜色，看到所有的不安和躁動的危險，也可以拉下帷布把它關在外面……

而我，永遠有絕對的安全。雨天，給我的沒有沮喪，只有安定。

車廂輕輕一震後，我知道，火車又開動了。

我的腦海裡久久揮散不去關燈前我繼續看下去的「白樂鎮」的連載小說。頭髮麼？那麼多怪異的事存在著，只是我們往往總是習慣於給它們找一個合理的解釋來安慰內心對於這個大千世界的廣袤，從而讓我們覺得自己渺茫的無助。有時，不學會自欺欺人，人也就難以存活，人也就過得無比艱難。

一旦被懷疑恐慌佔據，人的靈魂便會不安，有的逃避，有的分裂，你會覺得也許連自己本身的存在是否也是可疑。一切在變得陌生，所有熟悉的一切不是立刻發生澈底的轉變，而是從量到質變。

它們先是一寸寸侵入你的生活，一開始是細微的，不易察覺的。直到它們越來越肆意起來，你開始發現不對勁，然後被這緩緩湧上來卻早已經浸透你生活的恐懼所佔據。

直至完全的吞噬掉，原本一切正常的生活。

而你，將眼睜睜的看著這一切如脫韁野馬，無法掌控，直到覆滅。而一直伴隨這個過程的，只有不絕的痛苦和無可奈何。

那個出現在我臥室牆上和天花板上的腳印，就像未診斷出的病一直雄踞在我心頭，它們自在得意的出現在我家任意的角落，然後翻亂我的記憶，擾亂我的時間又騰空消失。讓這一切變得好像都只是存在於我腦中的臆想。

我想如果不是接踵而至的怪事發生，之前所有的那些事說不定我會真的以為都只是我的幻象，一個長期寫著不同奇怪故事人的幻想。

在家裡發現腳印，還有家中物件被人調動了擺放順序的第二天，我接到了張大爺從醫院裡打來的電話。從電話裡，我只聽到張大爺焦急的聲音和一陣渾濁的雜音，至於內容說了什麼，我並沒聽清。

顧不上那些惱人的腳印，我鎖上門就往醫院趕去。

已經昏睡了好幾天的張奶奶居然醒了過來，但是張奶奶卻怎麼也記不起她生病和住院後的事了。張大爺說，張奶奶醒來的第一句話就是讓她起床弄飯去，看到自己躺在醫院裡還給嚇了一跳。一番詢問，才發現這幾天在醫院的事，張奶奶全沒了印象。所有的記憶都停在她生病的那天早上。

醫生也只是一個勁兒的說奇怪，之前的檢查結果顯示一切指標都是在正常的，甚至有些身體機能還出乎意料的健康，至於這樣明明沒有什麼病卻忽然忘掉一小段記憶的事他們也不清楚原因。

在張大爺他們決定再待上一兩天就出院的當天晚上，隔床的那個一直昏睡的男人，死了。

以一種極為詭異的狀態死了。

發現這個男人死去的人正是那位一直照看他的女傭人。當晚，女人在吃完搪瓷盆裡端來的飯菜後就端著飯盆去開水房洗碗，順便打瓶熱水。

回到病房裡又做了一次針線活後，這才發現躺在床上的男人一直平躺著的身體變成了半側。先前露在外面的頭此刻也縮在了被子裡，能看見的只有一個凸起的包，女人還以為是自己的主人醒了，便俯下身去詢問。可是並沒有得到料想中的回應。

她連續叫了幾次後，發現了異樣。雖說躺在床上的男人之前像棵不會說話的植物那樣陷入了昏睡，但仔細聽還是能聽見他微弱的呼吸。但在此刻，他的病床前卻悄無聲息，好像躺在裡面的並不是活物，早已喪失了鮮活的氣息。女人顫顫巍巍的打開了蒙在男人頭上的被子。

發出了她這輩子，也是最後一次淒厲的尖叫。

被單下面的那張臉，讓人絕對不會想到原來那扔進人堆裡就消失的普通面相此刻完全變成了讓人無法遺忘的面孔。中等大小的頭顱縮小了三分之一，原本還算飽滿的臉縮成了巴掌大小。臉上的肉消失得只留了張乾黃髮皺的皮，勉強還能包裹住骨頭，眼部肌肉的喪失讓眼眶幾乎沒有了框住眼球的力量。那層還儘量牽扯住眼球以免讓它掉落的眼皮脆薄得好似隨時都會破口拉裂，把那兩顆球狀物從眼眶彈射出來。

眼部和嘴像三個凹陷的洞坑。

他的身體也像縮了水的球衣。

又短又小，緊繃繃的瘦巴巴的。

變了個人，整個人都變了啊。

好像這最後的死亡榨乾了他的血肉，這無限止的沉睡急遽衰老了他曾經富有彈性的肌肉。

而那位一直沉默寡言的女人，眼目欲裂的張著嘴，下垂的眼被恐懼碾成一根短促的黑線，蠟黃的皮膚泛起詭異的紅潮，喉嚨「咯咯的」扯出不明不清的哽咽聲後，給活活的嚇死了。

我見過不同死亡的臉，死亡的屍身——被水溺死的，全身腫脹像被水發泡的青白麵團；吊死的，眼球凸裂，大小便失禁；跳樓的，腦漿迸裂……

明明相同的死亡面前卻各有通向這條路的不同方法，那些離死亡最近的各種病狀，也都在不斷的折磨這具盛放著靈魂的肉體。白血病人在一邊化療的過程中一邊掉頭髮，直到掉完只剩顆青灰的光頭，反射著無力黯啞的光。

這些也許可以直接把人送進死亡墳墓的病、痛，以身體的緩慢病態作為邁向死亡的呈現方式。

好些年前，我曾參加過一個不太熟悉的朋友的葬禮。說到「生疏」和「熟悉」，這兩個詞對於我來說，生疏的時候是比較多。我不太習慣熟絡的感情，周圍人的熱情只會讓我無法適從。一個人的生活才是自由自在，我寧願自己單在圈外不用時刻考慮別人的想法，去明白言下之意，去學會變通、圓滑。雖然我也懶得把自己磨成鋒銳的利劍，我只是不習慣。

我只是懶得也難得而已。

每天規律的生活，沒有睡懶覺的習慣，早起，做頓早飯。用完飯後看書、寫稿，休息，偶爾外出買點東西。我沒有別的多大的愛好，但是做飯手藝還不錯。

因為想到要面對那些陌生的人，和他們在一個房間裡吃飯，聽著他們談論股票、金錢、夜場、女人……，會讓我有種窒息的緊張和壓迫。

我沒有社交恐懼症，我只是習慣了一個人的生活方式。

所以挑好那些貼好標籤價格的安靜的食物、日用品、書，不用和菜市場的大媽們討價還價，不用扯著嗓子對耳背的賣肉大爺大聲喊叫。

真是再好不過了。

做飯，我不嫌麻煩。

但是，我也並不想完全和周圍脫節。

因為會被人認為是「怪胎」。我當然不是害怕類似於此的稱呼，從我左耳開始能聽到那些來自於另外一個世界的聲音後，那段時間裡，孤兒院裡像是「妖怪」、「邪氣」之類對我的叫法並不少。我只是怕麻煩。

我不想別人用窺視的眼光站在我的背後，更不想他們竊竊私語考量我的祕密或是編纂一些只會讓他們自己驚恐的有關於我的故事。

人就是這麼奇怪，普通往往是最好的偽裝。

因而我也並不是不和其他人接觸，我選擇和他們留有一個適當的距離，一個讓我覺得安全的距離。

也許正是因為我總是對別人的祕密一副沒有興趣的模樣，待人也算平和，雖然人無趣了點，但好歹是一個寫著「有趣」故事的人。所以，總和有些人有著交往，周胡便是其中一個。

中學的周胡是個才十五歲就已經一米八身高，體重一百七的高大胖子，在一群瘦得像猴子的小孩裡顯眼得很。這個大胖子為人和他的外形一樣，大大咧咧。不太愛運動，對於「吃」有著常人難以相比的癡迷。

為了吃到好吃的東西，蹺課、裝病是常用的手段，而且還是不管是在什麼樣的環境下。所以說是「癡」一點也不為過。在我打開自己準備的午餐飯盒蓋後，我們倆就這樣認識了。

而另外一個讓我和周胡有了更進一步來往的原因是因為我們兩人都不愛甚至是討厭運動。因為覺得汗濕的黏膩和味道讓人難以忍受，用周胡的話來說，什麼情況都不能讓他放下「吃」，唯獨運動後的出汗可以讓他放棄。

在得知我在很小時候就開始寫怪談故事後，他就纏得我更頻繁了。沒想到的是，一向反感別人太過靠近的我竟然開始慢慢習慣了他三天兩頭的上我住的小屋來蹭飯。

他應該可以算是朋友吧，不熟悉的朋友。

我沒有告訴他我左耳的祕密，但是他卻一本正經的說他相信另一個世界的存在，那個世界並不一定只是人死後的鬼魅，魂魄，雖然他也不知道還有其他什麼，但是一定是個人難以感知到的，和人類存在一樣複雜麻煩的世界。

我給他講過一些以「怪譚」為名，但卻是我的左耳聽到的小故事，他也告訴我他奶奶住的小村後面的竹林裡挖到過一具被樹根包裹起來的胚胎……

偶爾不小心回憶起這段時光，我竟覺得生出了幾分懷念。

誰想分隔好些時間後，再聽到他的消息，見到他是在他彌留之際的病床前。

我還記得當時我去醫院看他時，一直因病陷入昏迷的周胡，忽然像迴光返照般醒了過來。

他只是笑著，說另一個世界果然存在，然後口中一直重複喃喃著這句話，不再說其他。

末期癌症讓他看起來完全走了樣。

澈底變了樣。

變成了另外一個即將流失乾淨最後一點生命的瀕死之人：從中學分別之後就沒有再見的他，應該五官並沒有太大變化的吧，人仍舊是個胖胖的大高個。

他的父母坐在病房外的角落裡抹著淚水，他們給我看過周胡剛參加工作一年時的照片裡，那個人仍然是一張圓肉的臉，一臉傻笑，筆挺的工作西服讓這個挺拔的高個顯得幾分穩重。

那時的這個人，生命之火也許正燒得無比旺盛，正如夜空裡綻放的一朵焰火。

而面前這個躺在白得刺眼的病床上，渾身插滿塑膠管，被記錄每分鐘心臟跳動次數的檢測儀同樣記錄著生命最後一次跳動的人，只是睜著眼睛。

從另一重世界裡暫時醒來的他一動不動。

在他的臉上看不見痛苦、哀愁，連分毫的失望也沒有。

炯炯有神的目光裡，好像死亡也不過是一件坦然的事，他只是再回到這裡作最後的告別。

葬禮在他死後的第二天舉行。

在生前他的親朋好友和他的遺體告別時，我目視著這具透明棺材裡的周胡。

生前近兩百的體重減到了不到九十斤，沒有足夠血肉包裹的他，只剩骨骼的支撐，少了一半多的重量，讓這個人變形了。

恍惚間陌生得認不出來了。

陌生得讓我心酸。

我把手中那朵白紙紮成的花放到了棺木上。

再也不見這位死前笑著只對我說另一個世界真的存在的「不熟悉」的朋友。

所以這些死去的人，他們的生命都被偷走了一部分，都纖弱得和那些紙紮的花朵一樣，最後終將燃成炭火盆裡灰白的煙燼。

就在張奶奶病房裡的那個男人死去的那一天，我見到了那個渾身像是披著黑夜而來的人。一襲黑衣，一頭濃黑的碎髮，就像我初見嵐三時的情景。他自是沒有嵐三向我伸出手的友好，但是在他們的身上都給我相同的感覺——從黑夜裡來。

還有他離開時，望向我的眼睛。

幽冷，深不見底。

我當然未曾想到這個人的出現，至此讓所有的一切都開始浮出水面……

那個死得怪異的男人被匆匆送走了，連同那個被嚇死的女人。一直念叨著不吉利的張大爺在我的幫助下辦好張奶奶的出院手續後緊趕著帶張奶奶回了家。

那個看不見的東西又出現了。

這次它把它的印跡留在了客廳的牆壁上，靠櫥窗放的杯子躺在地上，被摔得粉碎。那些按年月排好的書刊雜誌東倒西歪的被打亂了存放順序，放在洗衣機裡的床單從原來密閉好的滾筒裡探頭探腦的伸出了衣角……

到底是個什麼東西存在?!

我不舒服，很不舒服。

無論是不是常人看不見的東西私自介入我的生活，我不喜歡這樣的感覺——好像他們都懷著同樣的目的，站在我的背後，站在熟睡的我的面前。

左耳充斥著微弱又異常清晰的笑聲。

「嗤嗤嗤……」，忽而輕哼忽而又是快要笑得岔氣的笑，誇張得讓人大為光火。

我無法中斷，無法讓它暫停。

我永遠只能被動的去接受所有這些根本是強加在我身上的事，我只能等待，直到它可以自己停下來。

儘管這個等待，讓我失眠了整夜。

直到早上七點，它們才終於消停了下來。我從收納櫃裡翻出茶葉，燒了壺熱水。幾口濃茶下肚，已經重得快要耷拉下來的眼皮終於稍稍恢復了支撐力，足以撐起我的視線，不至於讓它混亂地四處遊轉。

我去廁所間澆了把冷水。

刺骨的冰水撲在臉上，緊鎖的毛細血管加速運作，人清醒了幾分：鏡子裡那張臉上掛著兩隻充血的眼睛，烏青的眼圈像直勾勾的另一雙眼。微青的鬍渣也一併出現在臉上，湊熱鬧來了。

我只覺得頭陣陣酸痛，好像進了濃稠的白色乳狀物，黏糊得腦仁一陣發麻。

這……又是什麼？

我剛取下晾掛在洗手池邊上的毛巾，在毛巾的內側沾著團黑黑的東西，是一團打結的頭髮。

是很多中短長度的頭髮糾纏在一起的噁心的東西。

不是女人的頭髮。

我摸摸後腦勺，窸窸窣窣的聲音細如蚊吶，頭皮像輕輕噬咬後的酥癢，我一撓。

一把頭髮給撓了下來。

後腦勺像褪光毛的貓，光溜溜的裸。這突如其來掉落的大把頭髮讓我的後背涼颼颼的發顫，像是一隻無骨的手爬上了我的脊樑。

嘶溜溜的往上爬。

我盯著鏡子裡那個同樣盯著我的我，既沒有驚慌失措的臉，也沒有憤怒恐懼。

像根焉皮的老樹樁呆呆的杵著。

記憶像鍋沸騰的粥，咕嚕咕嚕吐著泡，發出漲停不止的吵鬧，所有習慣了的、一切的、井然有序的記憶排列。

被這些看不見的闖入者踢翻、踩扁、攪亂。

直到尖銳的敲門聲橫插進來——原來敲門的聲音也可以這般刻薄和刺耳。

「嘿嘿嘿……」

發出怪異笑聲的張奶奶，一臉陰翳的站在門前，愣愣的眼神貼著我的臉，扭曲的皺紋急劇的扯動：

「老劉。」她緩緩的吐出一個陌生的稱呼。

老劉是誰？張奶奶是怎麼回事？為什麼看著我叫著什麼老劉？我有些不知所措的僵立在門口。

「老婆子！」張大爺喘著氣出現在樓道口。

「是小艾啊，哎唷，可急死我了。這老婆子從醫院回來後就開始這樣癡癡呆呆的了，以前的事忽然好多都記不得了。而且啊還總是說些莫名其妙的胡話。剛剛還在院子裡，一個轉眼，她就跑到這兒來了。」

「張奶奶怎麼剛才叫我老劉？」張大爺歎了口氣，「就是從醫院回來後，她就這樣了。記憶力越來越不好，還常常搞錯現在和以前的事。你口中說的老劉啊，是原來和她一起下過棋的棋友，不過早死了好幾年了……」

張大爺帶走張奶奶後，我回到沙發上坐下。

腦裡不斷想起剛才張大爺說的話，向來記憶力還算不錯的張奶奶現在一下變得好忘事，而且對近來事的記憶變得也是越來越模糊，甚至完全忘卻，反之對以前不記得的事現在倒都記起來了，再加上時不時的混淆。總之，張奶奶現在的狀態就像踏進了混亂的記憶漩渦裡。

也許，我也正一腳踏進這個漩渦吧。

不，更或者說，我已經在漩渦之中了……

我的頭痛頻率不但不減反增，而且，程度也加深了。

更重要的是，我覺得我好像也開始記不得我是什麼時候去醫院幫忙照顧張奶奶了，無論我怎樣閉眼，緊皺眉頭，所有試圖和過去建立起來的丁點兒聯繫都忽然消失了。

我在這一段模糊的回憶裡一腳踩空。

有什麼在暗地裡開始失控。

在接下來的幾天裡，情況變得糟糕起來。

從記不清去醫院的時間到發現連帶嵐三的那段記憶也在搖搖欲墜，我只得用筆記下相關的記憶才不至於真的忘得精光。頭痛得愈厲害，頭髮也掉得更多，雖然已經到了每天醒來，枕巾上都爬滿了頭髮，但是對於頭髮本就夠多的我來說，好像脫落得並不明顯。

被人窺視的強烈感覺，讓我的睡眠時間縮短到不到三個小時，那些總是莫名其妙出現又消失的腳印、不斷攪亂家裡擺放順序的未知的東西、耳朵裡不時響起的討厭笑聲已經足以讓我的神經弦繃直得斷掉。

只有眩暈，只有眩暈。

我已經沒有清醒的意識可以讓我像往常那樣完成手裡的稿子，被切割成碎塊胡亂拼貼起來的記憶和仄人的倦意讓我只有麻木。剛還拿在手中的筆轉眼就澈底消失，那只從我手中消失的筆就像一團越燒越旺的火球，四處滾動的火球，伺機要點燃腦中的渾濁汙氣，將大腦轟然引爆。

「嵐三……」嘴裡無意識的叫出了這個熟悉卻陌生的名字，明明應該是熟悉的啊！但是我卻只能從記下快要忘掉記憶的小本裡知道這個和我認識的人，他救過我的命，現在他去了一個我不知道的地方。

什麼時候，沙發上也是我的頭髮?!

看來我的記憶還真是散得到處都是啊。

我拈起沙發扶手上那撮顯眼的黑色，要是我的頭髮掉完，不知道我的遺忘，混亂會不會也到了盡頭，我無力的仰靠在沙發上。

「白樂鎮這個地方到底存在嗎？」
「還是我的記憶出了問題？」
「這些該死的頭髮！」
……
陌生的畫面闖入了我早混亂不堪的腦海，陌生的男人面孔，陌生的嗓音近得就像俯身貼在我耳邊發出的疑問。
還有那塊斑駁剝落，刻有「白樂鎮」的木牌匾，我還能記得那個沒有從記憶中模糊的故事。連續多天來的折磨讓我無暇再看原來看了一小部分關於白樂鎮的故事連載。死去的男人，奇怪的張奶奶，和我身上發生的這一系列的怪事以一種讓人難以察覺的方式慢慢疊合在了一起。
必然的巧合。
而我，在繼續看完白樂鎮的故事連載後，踏上了尋找白樂鎮這個也許根本不存在的尋覓之途。
十二月的最後一天，在火車開離這個城市的最後一天裡，天下起了雪，洋洋灑灑的，大片大片的在空中飛舞。孤零零的月臺上覆著層，慢慢堆積起來的話，應該就能厚實一點了。
我放下包，從車窗望出去——傍晚的天空正孜孜不倦的散著雪花，吸納溫度。黑漆漆的鐵軌一直向前延伸，另一輛綠皮火車已經緩緩開動了。火車停靠的網站處和值班室亮起節能燈光，慘白得沒有精神。火車外買吃食的小攤主人賣力的吆喝著做著最後一趟買賣。

明明是寂寥，但卻又熱鬧。

沒有了城市的燈紅酒綠、鳴笛和無處不在交織在一起的聲潮，讓人生出了幾分不真切。

車窗玻璃上映出我淡淡的輪廓，腳下一動。廣播裡傳來溫柔卻並不溫情的女聲，音質甜美的播報著提示：

火車開動了。

它將會把我帶到哪裡去？還是說也許我會自己中途被自己遺忘掉，或是在錯亂的回憶裡澈底溺亡。

我不知道。

待在家裡的這些日子裡，當我每天醒來，睜著只睡了不到兩三個時辰的厚重眼皮，發現不斷在發生變化的房間，伴著不斷掉落的頭髮，頭痛和記憶不合理、並不著急的模糊以及重複再現讓我有了恐懼。

我甚至覺得這一切也許只是我的精神出了問題，或者是記憶出了錯。所有的所有都是臆想，還是另一個人，也許還是另一個我的惡作劇……

但是左耳的存在，那未曾消失的聲音確確實實的並沒有從我的記憶裡抽出。

所以，我只得踏上這段未知荒唐的路途。踏上這輛潮濕和尿騷味都非常濃的火車，這是我唯一能為自己做的選擇。

也許是因為我還仍存一絲希望吧。

火車轟隆隆的往前行駛，我從背包裡拿出新一本刊有白樂鎮故事的連載，繼續看了下去。

「這是我到白樂鎮的第幾天了？這見鬼的時間記法搞得我快神經衰弱了。

這個地方是異常的溫暖，大概有二十多攝氏度吧。對於冬天來說，這塊地方應該是塊避寒的寶地才對，但是相反這裡給人的感覺卻總是一派陰冷兮兮的樣子。

而且幾天下來，我發現住在這裡的人有點木然，說話前言不搭後語，問到過去的事，就靈魂出竅般直發愣。這些人穿得也很奇怪，上次從那個穿著長衫布鞋的男子買到「九竅石」時，我還對他的穿著譏誚不已，沒想到這幾天裡遇到的人更是著裝都不同。有的都是好早些年代的服飾，還有的連我也說不上來。

從寫小說以來，為積累寫作素材，我去過很多地方，其中不乏一些讓人難解，甚至是隱藏在連地圖也無法找到的地方，但是難以尋覓的原因幾乎都是諸如因為地理方面的物理因素而造成的與外世隔絕。像這次的這個白樂鎮倒是更像傳聞中的地方，是編造怪譚故事中為達到營造神祕氣氛的虛構之地。

哪有人在火車上睡著，無奈下到陌生的終點站，然後還那麼碰巧的發現了一個「桃源」小鎮，這些故事裡才有而且已經用得氾濫了的開場方式如今被我遇上。

也許這些一直被認為是寫故事所需而想出來的內容，真的以某種方式存在著。誰說就一定只是虛構呢？

千千萬萬的人當中，有人一定真的遇見過什麼，就像我這樣吧。

當天緩慢的亮開時，我睜開眼。

看來我已經開始習慣了這個遲到的白晝。我的頭髮掉得更多了，會是用腦過度，所以我即將中年謝頂？但是掉了那麼多頭髮，也沒見我禿頂。

將就應付完早飯，我開始收拾行李，打算離開。

這個處處讓我不解的地方，在我的這趟因緣巧合湊出的旅途裡，即使是到了暫別時，也沒有讓我看清楚一星半點。實在是蹤跡明顯，卻難以找尋啊。它古舊得活靈活現，在這個沒有網路的地方，對於向來習慣手寫的我來說並不構成困擾，但是交稿的截止日期卻早夾在這個小鎮奇特的時間裡到來了。這得歸功於手機裡存的備忘錄的自動提醒。

記憶這個東西，有時是最不可靠的。那些你常常篤定的事往往到了最後才發現記憶出了錯，它對於不確定的，會進行自我修補，對記憶二次加工，就像文章的再次潤色。

雖說這樣是不至於讓記憶缺失一塊，但是肯定不準確了嘛。難怪我每次都覺得我的那本有關修辭的書都好好放在書房的書櫃裡，我甚至都可以確信它待在第二排的倒數第三個位置，你看，我連這個都記得如此清晰，因為我記得它的旁邊正好有我夾在那兒的一張光碟。但事實卻是，那張光碟是好好夾在那個位置，但那本書總是會出現在房間各個可能的角落。

有次，它甚至出現在了浴間的盛物籃的毛巾裡，關鍵是我還根本不記得我有把書帶到浴室看的癖好。

有的事，就是那麼奇奇怪怪，神神道道。

可能是它的腿太不安生，自己四處瞎跑了吧……

租給我房子的老婆婆得知我明天離開，便叮囑我晚餐一定要去她家吃，她為我做一頓送行飯，我不好拂老婆婆的好意，在約好十七點準時到後我就出了門。

總之，這裡的人總是十分準時。

今天是我在這裡的最後一天，我也不知道離開後，還能不能再回到這裡。這次意外收穫的短途之旅也許只不過是我命途中的一段插曲，給我帶來的不過是下一篇文章的靈感罷了。

走在和昨天一樣的街道上，我望著那些一動不動的層疊的房子。隨身背著的包裡傳來「嗑嗑」的聲響，像縮小音量和幅度的敲門聲。我打開包，裡面能發聲的也只有那塊用我一小撮頭髮換來的九竅石。我瞧著那些形態各異的竅孔，細細的「嗑嗑」聲從小孔裡冒出來。

不知怎麼，我竟然有種這些小孔就是無數扇迷你小門的感覺。裡面該不會是住了無數個小人精的想法讓我覺得自己怕真是幻想小說看多了，或者長期編故事，大腦已經反射性的習慣給看到和聽到的東西加些怪誕的猜想。有時這些猜想難免會帶來某些精神上的麻煩。

但這好歹證明，我還有可以繼續寫故事的創造力在，寫東西的人最怕的就是寫不出來。不過，最近我的記憶力好像大不如從前了。說是好像是因為，以前怎麼都不會忘的事開始變得模糊，但有些早都記不清的事倒突然變得清晰起來。而且，我常常一個轉身就忘了自己要做什麼，像腦中忽然騰空了一塊區域。這樣的情況，原來或多或少都發生過，但並不頻繁。只是在這的這段時間，它發生的頻率加快了。

每天夜裡，從冗長的黑夜中醒來，外面還是漆黑一片。沒有丁點聲音，只有不變的一輪弦月掛在夜空。

一股莫大的虛無和空洞讓我動彈不了，小長段時間裡，我都無法記得我到底身處何地，往往來回重複幾次醒來再睡去，有時實在睡不著就夜起寫字後才能等到天亮。

來到這裡，我記不得我的任何一個夢。每次好像都是毫無徵兆的醒來又不知道什麼時候睡著。夢境和睡覺變成了兩個毫無關係的陌生人。

街道邊還是照樣擺著鋪子。

小販們一邊吆喝著一邊蹲在地上吸溜著吃麵條……連吃麵的速度和動作感覺都沒有一點偏差。我有幾次問過街邊賣菜的小孩兒像怎麼每天都來賣菜，不上學嗎，家裡人在幹什麼之類的問題，小孩都只是回答，「該到賣菜的時間了」，而對於其他的問題都只是擺頭，一概不知。

這裡所有的人都踩著同樣的步伐，節奏拍子，都只有一個埋進意識裡的時間段，比如該擺攤，該賣衣服，該掃地了……，然後準時重複前一天的生活。對於過去的回憶，要麼是沒有印象，要麼就是說出些顛三倒四的話來。

昨天，樓下挨著的賣包子的大娘還說起她年輕時被抓去當壯丁，逛過窯子找過妓女……

一路走到小鎮更遠一點的地方，這裡除了小鎮的那片地區有建築和人活動的痕跡外，都只是無垠的一片山林——一片接著一片的荒地，長著矮小枝葉的樹叢。

就是鳥不生蛋、拉屎的荒野。

並沒有得到額外收穫的我只得按原路返回。還好就只有腳下的這條小徑連接著這個地方，不必擔心找不到回去的路。又到白樂鎮入口的石碑拱門前了，木牌匾仍舊腐黑，木板上爬滿簇簇青苔。才停了一兩天的雨水浸入木牌匾裡，留下風乾蜿蜒向下的印跡。

我發現之前褪淡得模糊不清的字文上暗沉的紅色顏料比之前我看見的那次好像清亮了些，也不知道是不是又漆過一遍的原因。在黑褐色的木頭上顯眼得很。

回到老婆婆的家，飯桌上已經端出來了飯菜，最後一碗湯上桌的時候，天黑了。

「小夥子，在這裡可還習慣吶？」老婆婆一邊問道，一邊把手中的筷子遞過來一邊示意我坐下吃飯。

「還行，就是這裡的時間和我們外面的不一樣，夜太長啦，白天又短，雖然住了幾天慢慢習慣了這裡的作息方式，但是還是無法完全適應。」

「哦」，老婆婆發出聲調上升的回答，她眯了眯眼。

「您別見怪，我想問一下您是一直住在這裡的嗎？」

「在我的記憶裡，我就是一直住在這裡的。」

「那其他人也是？為什麼我一問這些人過去發生的事，他們都說不太記得了。還有一入夜，這裡也太安靜了。」我心裡堆積了無數個疑問。

「其他人，有的人像我一樣從有記憶起就一直住在這裡，還有部分的人事從外面的世界無意『留宿』到了這裡，後來乾脆就真的留了下來。那些來自於外面世界的人，也全都像你一樣是些步伐匆匆，無意闖進這裡的旅客。」老婆婆往我碗裡夾了塊肉皮說道。

「他們無意中找到了這個地方，或者說這裡對於像你們這樣的人來說誘惑力太大了吧。這裡不變的溫暖可以帶來恒溫持續的效果，長夜也適合貯藏，所以一入夜，整個小鎮就會完全無聲無息。在這裡，夜晚裡的聲響會讓清醒融化。」

我不明白老婆婆口中提到的那些在我聽來像是解釋又像是沒頭沒尾的話，既然是生活在這裡的人，多半她和樓下賣包子的大娘一樣，根本沒有意識到她說的話前言不搭後語吧。

「而且凡是來過這裡的人，就算離開了，都還會再回來。」

老婆婆靜靜的嚼著飯，沒有抬頭。

我沒有想到，這句話會像詛咒般緊緊纏上我。

因為我，又再次回到了這裡。

而且，將永遠無法離開……

我合上書，故事到這裡戛然而止了。我曾一度以為這些雜誌是雜誌社寄來的，直到前幾天我接到這家雜誌社編輯約談的電話，見面後我才知道他們並沒有寄書給我。而他們再次和我聯繫的原因正好是因為寫這個故事的作者呂一凡失蹤了。

這個連載故事是呂一凡三月份開始執筆的，呂一凡曾經神祕兮兮的給他的責編，也就是坐在我面前這個胖胖的矮個子周永新暗示過，他一定會寫出一個大受歡迎的故事。果不其然，這個連載故事才刊登第一期就反響不俗。不但雜誌銷量從以前半死不活的狀態突然像打了雞血似的「噌噌」往上升，而且雜誌社接到的電話和收到的信件裡，大部分內容都是表示對這個故事抱有很大的期待。

本來故事也快到了後半段了，但是寫故事的人卻失蹤了。打呂一凡的電話，永遠是關機狀態，沒有郵件回復，聊天號裡的頭像也是灰下去的，這個人就像忽然蒸發了一樣。

「你不知道，這都快到交稿日期了，我前幾天甚至天天去他家蹲點候著都沒見他的人影兒，這樣下去，雜誌可要開天窗了！所以，我想拜託您暫時幫忙寫篇稿子臨時頂替這期連載，後面的問題我們再想辦法解決。」

我自然接下了邀約。

而我之所以會最後踏上尋找白樂鎮之路的原因還要在於雜誌社編輯說過的關於呂一凡的一些異常舉動。

從他開始寫白樂鎮的連載後，他就開始慢慢的變得冒失了。

總是忘事兒，後面每次交稿都是周永新直接去他家催稿，而且他開始長時間的窩在家裡，以前的他可是業界出名的總往外跑的。除此之外他的東西都是在網上買，吃飯也是定的上門外賣。放在他家門口的垃圾臭得鄰居都受不了，最後還找物業投訴。

再見呂一凡的時候，那傢伙還一個勁兒的說他頭髮都快掉光了，但實際上他那頭長時間沒有經過修剪和打理的頭髮長得正茂盛……只是，他整個人看起來精神恍惚，像失了魂一般。問他一句話，半天都沒反應。

人是憔悴得變了形，見人嘴裡就嘟囔著白樂鎮，把前來催稿的李永新嚇得直接把他送進了醫院。不過因為並沒有查出病來，也就當他是寫東西寫過了頭，精神過敏，狀態不佳了。

誰知道，以往一向準時哪怕後面都是周永新上門催稿，但他都能如期交稿的呂一凡，這次不但遲遲沒有交稿，而且乾脆連人也找不著了。

這邊擔心出了什麼事來呂一凡家，才聽樓下的保安說他好幾天前外出後，就沒有看見他再回來。

「誒，艾先生，你說呂一凡寫的那個故事會不會是真的？」

我還記得當時李永新一臉小心又緊張的表情。

我無法給予確切的回答。這所有發生的一切和先前在我身上出現的莫名其妙的事都以不具名的形態在悄悄覆合。醫院裡從忽然的昏迷中醒來的張奶奶，還有那個「睡」過去就再也沒有醒來的佚名男子，家裡的腳印和我混亂的記憶……，更糟糕的是我的頭髮開始大把脫落，就和呂一凡身上所出現的情況一樣—呂一凡小說裡的「我」，現實中的他也是不斷掉著頭髮，同樣還有相同的記憶錯層。

這絕對不是偶然。

而讓我一直沒有頭緒的是，這些書到底又是誰寄來的，又有什麼樣的目的。

剛收到這箱書時，我記得當時箱子裡除了那幾本雜誌外什麼東西都沒有，但是就在我準備把紙箱拆了拿來當桌腳的紙墊時，忽然從裡面飄落出一張薄透的紙片。

紙片上只寫了「臨歧站，白樂鎮」這幾個字。

下床的人發出電鑽般的打呼聲，火車穿梭在雪夜裡。我換了個側臥姿勢，腰已經僵直得硬梆梆的了。

「臨歧站」就是這個火車的終點站。因為這個車站停靠的地方是塊荒野，所以幾乎只是個象徵性的終點轉回站，因為乘坐這列火車的乘客們在臨歧的前幾站一般都會全部下光，所以總是難免讓人疑惑為什麼這樣的車站還能存在。

躺在頂鋪狹窄的空間裡的我，腦中不斷閃現那些時而模糊時而清晰，臨近又疏遠的回憶片段。頻率愈發加速的頭痛讓這個夜晚註定又是一個不眠之夜。

既然弄不明白，乾脆越攪越混好了。

所以，不管白樂鎮的存在到底是否真只是呂一凡小說裡的虛構之地，但我還是踏上了這輛開往臨歧的火車，去嘗試著尋找那座匿於荒野的小鎮。

車廂裡的人越來越少了。伴隨著每一次列車的停靠，整節車廂也就變得越來越空。

火車速度由緩到剎停，廣播裡傳來一站停靠的播報後，睡在我下床的男人也離開了。車廂裡除了我以外，已經沒有了其他人。

還有一站，二十分鐘後，就該到終點了。

我從床上小心的挪動出來，整理好包包後，惴惴不安的等待著。當天開始發白，飄舞的雪花有了白色的身影，臨歧站到了。

孤零零又破舊的月臺好像還能聞到一股子黴味兒，它的四周被整片荒野，矮小之物所包圍。一夜雪後，一片白茫。蓋著雪層的蒼寂枝椏像標本室裡陳列的指骨。

從這裡的月臺下去之後，再沒有向前連接的路了。

看來，呂一凡的小說裡糊裡糊塗下錯的那個終點站也許真有可能來源於真實存在著的臨歧站。不過至於到底是不是，在這裡有沒有白樂鎮的存在，也就無從知曉了。

這個如此荒涼杳無人煙的地方，又是什麼樣的人才會居住在這裡……

我拉上防寒服的拉鍊，完全就當是沒有目的的瞎走，雖然也擔心過萬一迷路了怎麼辦，所以一路沿途我作了些記號，就算真迷路了，只要原路返回，再加上這些標記，料想也沒有太大問題。

新的一年的第一天裡，我卻一個人走在這雪天裡，想想也是不可理喻啊。

「艾言寧？」

一個熟悉的聲音響起，我回過頭，身後什麼也沒有，有的仍舊是曠野，披上白雪的起伏群山和雪下黛青的叢林。

是嵐三的聲音？再想起這個名字，心裡湧上的竟然是難得的平靜。耳邊刮過呼哧的寒風，我轉身，繼續往前走。

不知道走了有多久，被雪凍得麻木的四肢忽然傳來暖意，越往前走越感到溫暖。寒冷被驅走了，我停下腳步。樹叢的前方出現了一條小徑，只容一人通過，不似路程前半部分的白雪堆積，這裡還是樹木茂盛的。在冬日裡顯得溫暖異常的溫度讓這些樹青翠得像潭春水。

本以為從外看並不讓人覺得幽深的樹叢裡面竟有如此變化：不斷變更方向的小路，好像沒有盡頭的往前延伸。我只能跟著這條路繼續前行，往裡繼續深入，越覺得脫離了冬天。

走得快筋疲力盡的時候，眼前終於一片開闊起來。立在我面前的是青灰色的石碑拱門，拱門又由三個小拱門組成，在拱門上掛著塊髒舊的木牌匾，「白樂鎮」三個字像才漆過一遍，朱紅的顏色格外鮮豔。

還真有這個地方存在！我也沒有料到我能這麼順利的找到這個我幾乎快不抱希望的地方——寫作人筆下的人、物本都不是憑空想像，並不是無跡可尋的吧，總是由一個原型或是多個原型雜糅而成。看書的人有的只是粗略掃過，有的會對於書中的描寫多加揣測。

但是對於在怪奇故事中出現的奇怪的地方，即使是真的存在，也難以有人會特意去留意。所謂奇聞怪談，都市傳說正因其存在的不可知，模棱兩可的時間和流傳途徑的不穩定，才成了一種獨特的不尋常的另一種活動，另一種生活樣子。

是常人難見的生活。

從拱門進去後，對冬季的印象已經消失得無影無蹤，極度暖和的空氣裡有濕潤的潮意，青石路鋪成的小道淡幽幽的隱在草叢裡，沿途沒有什麼建築物，沒有人。只有這條引著我走下去的小路。好像沒了個盡頭了。

手腕上的錶針停在了六點半，是我從火車下到臨歧月臺的時間，和小說裡寫的時間停頓一樣，錶針在離開月臺後就沒有再走動過了。這樣看來，再繼續往前走下去，應該就可以到白樂鎮了。

我忍住襲來的餓意，在不停的行路中，在小路終於消失的盡頭到達了白樂鎮。食物的香氣和打開蒸屜，升騰在空中的白色蒸汽交織成味道誘人的霧，熱鬧卻又不覺得嘈雜的吆喝聲讓我剛才一直處於靜闃無聲林間的耳朵回溫過來。聲音才能叫醒耳朵，就如食物才能安撫胃。

饑腸轆轆的我就近擇了一家包子鋪，兩三個菜包下肚，再吞下一碗米粥後，這才覺得恢復了精神。真是像一場漫長的夢，直到現在我也是糊裡糊塗的。

這裡的人並沒有因為我這個外來人的到來而投來探尋的目光，甚至眼睛也未曾望向這邊，叫賣貨物的商販們更沒有上前推銷自己的東西。這些人衣著也是不盡相同……

互不相干的疏離是這個地方給我的第一感覺，位於小路兩旁交錯的小房子像交疊的魚鱗，密密麻麻讓人不適。

「小夥子，才來這裡吧，要不要住宿？」

我的後背被誰輕輕碰了一下：一個佝著背，穿藏藍花布衫的老太太站在我的身後，「最近，來這裡的人可不少呢。」像是在自言自語般，老太太囁嚅著乾癟的嘴。

「這裡一到天黑，可就再沒人了……」

這個老太太是第一個主動和我講話的人，雖然有些奇怪，但是畢竟對於這個地方，我也是完全陌生的。所以不管怎樣，先找個安穩的地方住下來，後面走一步是一步吧。

老太太的房子就在小路正街的對面，和這裡所有的房子一樣是個三四層的小房子。

我不清楚自己要在這裡待多久，好在老太太並不像外面的那些房東那樣，必須要至少是幾個月才起租。老太太只讓我走的時候再結算房租。

該不會接下來她就要提醒我不要弄錯時間，再給我一塊奇怪的石盤鐘？大腦冷不防的跳出了這個不屬於我的記憶的畫面。

「不過，在這裡你要注意的是時間。」

「什麼時間？」

……

這段似曾相識的對話不正和呂一凡寫的故事裡的對話一模一樣？同樣都是老太太，該不會和故事中的那個老人還是同一個人？

更讓我驚恐的是，老人不但真的拿出那塊出現在小說中以小蟲前行來推動時間往前走的石盤，而且我的反應才真的讓我覺得一切都在朝某個未知的方向失控。

那些混亂的記憶片段，記憶時區的碎裂，拼湊出完全陌生的排列。我的回答就是大腦中不斷重複的回答，一模一樣，和小說裡的「我」的回答一模一樣，這段記憶明明不屬於我，但它卻清晰得就像是理所應當就存在在我的記憶區域裡一樣。

我的身體裡，住進了另一個人的記憶，一大片不屬於我的記憶如巨浪般在這個地方甦醒侵襲過來：我住在這棟樓的三樓，房間裡沒有熱水，這裡的時間十七點天黑，十點天亮，入夜後這個地方不再有任何活動。我在掉頭髮，記憶變差，我容易轉身就忘了要幹什麼，張奶奶也胡言亂語，牆上的腳印，有人在動我的記憶……這些不屬於我和屬於我的記憶夾雜頭痛，頭部一陣痙攣。

我躺在這間只有一張床、一張寫字臺和小條凳的房間，沒錯，和書裡描寫的一樣。

這段好像是被故意保留下來的記憶，清晰得諷刺。

我盡力不再去理會耳朵裡另一個男人的嗓音，不去想那些以我的力量根本無法想通的事。

整個人平靜下來後，只有虛脫，睡意將我的眼皮重重壓了下去。

當我再睜開眼時，外面的天已經黑透了。我沒有任何徵兆的醒了過來，沒有做夢，這樣突然的感覺好像是喪失了一段記憶，丟失了一截時間，空蕩蕩的。

外面靜悄悄的。沒有聲音。

這一覺睡得很沉，老人給我的那塊計時器上，時間正走到六點，離天亮還有四個小時，再睡已經不可能了。我去客廳倒了杯水，本以為經歷這麼多讓我措手不及的事後，可以有個喘息的時間，正當我拉開客廳的布簾準備望望這個被黑暗包裹的小鎮時，布簾後面的牆上赫然印著一隻腳印！

那些腳印跟著我到這裡來了?!

好不容易才冷靜下來的腦子，此刻又急劇升溫，灼灼發熱。廁所間、臥室、客廳！這個狹窄不過二十平米的小房間被我整整搜了三遍。

最後我一無所獲，有的只是窗簾後牆壁上的那只腳印……

這裡，到底是個什麼鬼地方？這個房間裡，或者說是不是有另外一個東西從在我家開始就一直存在在我周圍，它站在我身後，在我寫字的時候俯身在側，在我入睡的時候也躺在我的身邊……

我感到頭皮一陣發麻。

空氣裡瀰漫的陌生氣息，不是到一個陌生地方所散發的不熟悉的味道，而是不熟悉的屬於活物的氣息。因為看不見，所以更能感覺到它的存在如此靠近。

長時間的神經緊繃和混亂，房間裡那些隨時都在變化的擺放位置，以為我不記得它的原位了？我不由的苦笑，我還真是個神經質的人！

同樣又出現在這裡的腳印就像窮追不捨的追蹤者，我是它的獵物，是被它玩弄於股掌間的獵物，它不急於將我毀滅，而是一路尾隨，不斷留下它的印記。讓我驚慌讓我不住的懷疑，讓我對它的存在畏懼，而它將給我灌下慢性毒藥，讓我步步踏上死亡之途。所以，這些頭痛，這些該死的東西，繼續朝著我來吧！

心裡翻湧的瘋狂，讓向來沉靜的我莫名狂喜，甚至讓我雙手發顫。

「來我們這個世界吧……」，留在這個世界吧。

像是得到了回應般，我愣愣的點了點頭。

「客官小哥，要買石頭嗎？」一位穿竹布長衫和布鞋的男子拉了拉我的衣角。

我這是在重複呂一凡寫的故事裡的情節嗎？還是這是個夢？我隱約記得我的時間好像應該停留在六點，天沒亮，我在客廳的牆上看到了那些出現在我家裡的腳印，還有左耳裡傳來讓我留在這個世界的聲音。這一段空白後，我現在居然站在小鎮的街道旁，路旁的賣菜小販正吱溜著吸著麵條兒！

這是怎麼回事?!

我已經蒙了，澈底蒙了。這是夢？還是剛才我記得的那一切才是夢？我無法再相信我的記憶。記憶會出錯，說到底記憶又是什麼？會不會也是一種順從每個人內心願望的一種拼湊，一種被內心所接納所承認所默許的一種拼湊……而我現在所經歷的一切——腦海裡出現的那些畫面才是真是記憶的排斥。

如果不是，那我這段消失的時間，這段消失的記憶又去了哪裡？

我不知道我是怎樣走回去的，我只知道我用我的一小撮頭髮換回了那塊「九竅石」，通體透亮，無數竅孔如數扇小門，形如蘑菇雲的石頭，和故事裡的一樣。

打開房門的那一刻，我知道它還在，它的氣息還活躍在我的房間裡。早上出門前放在桌上的水杯，已經跑到了沙發的扶手上，拉下的窗簾又被打開，露出那只得意昂揚的腳印。之前裝好的包包現在正躺在地上，裡面的東西灑了一地。

我蹲著收拾好地上的東西，又起身拿起沙發扶手上的杯子喝了口水，對這樣連連發生的讓人費解的事，我已經感到疲乏了。從神經質般的狂喜、不顧一切到只有厭倦。

聽之任之算了。

昏沉沉的頭像顆鉛球，不透氣。整個人混沌不堪的，我費力的拖著腳去洗澡間沖澡。

溫溫的水讓人覺得輕了不少，洗完澡，精神也好了許多。整個洗澡間貼著磨得圖案發白的瓷磚，鐵盆放在鏡子旁的三腳架上，都是些古舊的擺設和裝修。倒是這個房間裡唯一的這面鏡子格外引人注意——和整間房不相符的白桐木框框住的鏡子，等人的身高，讓人驚奇的是它的鏡面，不同於普通清晰的鏡面，它更像是……浪漾著的水面……

我看到鏡面上起了一層褶，像風拂過後的漣漪。

我聽到鏡子裡傳出尖細綿長的流水聲，聲聲入耳，白桐木框上雕刻著的雲紋動了起來！

不仔細看，根本難以注意到它的微動和變化，我顧不上去想出現在這間房裡的這面鏡子有多麼突然，顧不上這面突然出現的鏡子的古怪。

鬼使神差般，我的手緩緩向鏡面移去。

輕觸鏡面，指尖傳來浸骨的冰涼和異樣的柔軟，然後像噬人的沼澤，被我的手指觸得凹進一小塊的鏡面，緊緊含住我的手指將我一點點吸了進去。

從水中坐起來的我，從河中淌到岸邊時才發現身上是乾乾的，沒有被水打濕。平靜得就像是鏡面的河面上，灰濛濛的把天邊也融進了水裡。

是鏡中的世界？

我沿著小河邊一直往前走，我不知道要去哪兒，該去哪兒，因為這裡除了腳邊的河、天、路以及我之外，便再沒有其他的存在了。

不斷往前是我唯一能做的事。停下來也是這條河，這塊天，這條路，還是我。至少往前走，會循環重複得更快，遲遲沒有出現的飢餓感讓我彷彿不知疲倦的走著。

走了多久了？我暫停了腳步，沿著河盤腿坐了下來。水面上映著我如鏡中那般清晰的倒影。

深陷發黑的眼眶，瘦削的面頰，失神的眼睛，發青的嘴唇無力的抿著。這張失魂落魄的臉，是我的臉麼？我戳了戳突出的顴骨，水面上的我也帶著疑惑的表情戳了戳骨頭。我不由得嗤笑了出來，只是這輕微的嗤笑聲才發出聲來就消融了。

這個沒有絲毫鮮活氣息的地方又是什麼地方？是水鏡中的時空還是另一個真實的匿跡消聲之地，否則為何靜謐無聲。我撿起岸邊的小石塊用力的擲進這條長河裡，激起水花的河面並沒有石塊砸破水面的響聲。

無論我試圖製造怎樣的聲響，最後都以失敗告終。這裡的存在也許就是一個消磨吞咽聲音的世界吧……

我的世界就這樣澈底暗了下來。

我從未想過一直以來如影隨形跟著我的聲音有一天會忽然消失，我生活的這個世界喧鬧、絢麗、誘惑，黑暗也罪惡。我的耳朵把這所有的聲音都聽了來，把這所有的故事，這些故事裡的娓娓道來、憤怒的喊叫、病痛的呻吟、嫉妒的惡語、無意識的呢喃凝鑄成刀鋒，銳利的切割著我的日常生活，切割著靈魂裡的安寧。

這些時常入夜將我從夢中驚醒的聲音讓獨自生活在這個廣袤世界的我有了不容拒絕的跟隨，倒給渺茫的我，一個無意能聽見這些聲音的普通人，在漫漫時間裡添了幾分熱鬧。

越熱鬧越冷清，越有聲越無響。

喜愛的往往是所需要的願望。

這些聲音讓我從苦惱到習慣，我也利用這些聲音裡的故事編成我筆下的故事，用它維繫著我的生活，用它維繫著我和這個世界，以至於不完全脫軌。

曾想要擺脫本是困擾卻又是我存活的支撐，追尋的是曾經死去的東西，不得不說這是個有趣的悖論。

已經在這個世界裡活了近三十年的我，也孑然一身了近三十年，我沒有特別的喜好。只有習慣，習慣了獨居生活，習慣了鬧熱，習慣了黑夜，習慣了靜謐。

只有習慣。

而現在，在這個剝奪掉所有聲響的世界裡，我只能仰面躺在岸邊，望著近在眼前又朦朦朧朧的天，與河面融在一起的天，沒有力氣，軟塌塌的。沒有聲音，連諸如恐慌、崩潰之類能讓人起伏的情緒也被消融進這未有波瀾，不斷蠶食著時間的世界裡。

我閉上眼。

在這個世界裡，我的呼吸、心臟的跳動、血液的環流、毛髮的生長、眼睛的眨動，衣料的摩擦也應該被消融掉。讓我也成為無聲無息的河，河邊的路或是水裡的天。

所以，我慢慢閉上眼，一動不動。

漸漸地，呼吸行慢，跳動削弱，血液停緩。

我，也終於要融進這片靜謐裡，澈底變成這個世界裡另一具無聲的屍體，記憶不再回轉，不再分裂。所有的切割也可以停下來了。

沒了聲音陪伴的我，根本什麼也不是。

也沒有存活下去的必要……

身體裡所有的東西都在抽離，我的身軀在不斷壓縮，它將變成冰涼的死物。

……

「艾言寧？」

我的耳邊傳來一聲呼喚，彷彿是從另一個遙遠的地方傳渡過來的聲音，幽若縹緲。隨著「吱呀」聲起。

一股暖流自額頭處擴散到了全身。

我從未如此清晰分明的去聽到自己身體裡的生命發出的聲音，所有的細微聲響，堅毅鮮活。此刻它們又重新灌注進來。所有的記憶復甦，被糾正，被找回。胸中那顆活物正有力的跳動著。

我奮力張開眼睛。

河水穿入我的鼻孔，壓榨出肺部最後一點氧氣，它燃燒成劇烈的火焰。就像我小時候生活的孤兒院裡那個被推進水裡溺死的小孩那樣。

我也在做著生命求生的最後掙扎。

向我襲來的黑暗在那只將我從水裡拽出來的手出現後，終於放手而去。

嘩嘩的巨響打破水面，我被拽著從水裡站了起來。一片白光後，我已經回到鏡面前，是從鏡子裡出來了吧。而我的身旁，站著陰沉著臉的，嵐三。

我能記得記清楚他了，記得這個三番五次救過我的人，我的租客。先前所有扭曲的，失落的記憶都得以修正。記憶回歸原位。

「該謝的是我的眼睛，要不是它讓我看見了發狂的艾言寧，看見這個地方，你真的會從這個地方永遠消失。」嵐三見我欲言又止的模樣說道。

「你又招惹上了那些不該惹的東西。我也不該說是你幸運還是不幸，原來的你不過擁有的是一隻可以聽見聲之源，聲之盡頭的雙邪耳。但是現在隨著你耳朵的力量增強，它也會成為另一些東西虎視眈眈的目標。所以自然的，它們也會主動找上你，就像這次的事一樣。」

「這都是些什麼東西？你不是去忙其他事了嗎？為什麼之前我遺忘的大部分都是有關於你的記憶，剛剛那個地方又是什麼地方……」

雖然之前失落的記憶得以找回，精神也重新振作起來，但是這所有的事還是讓人沒有頭緒。對於我羅列出來的一個個疑問，嵐三只是讓我把從他走之後到來這裡的過程和情況大致講了一遍。

「這一系列怪事的背後皆源於一種名為『時隙偷』，又叫『時隙生』的異怪——這種妖怪力量異常強大，以竊取人的記憶和時間為食。但是一般的時隙偷只會偷取人記憶的某個片段，時間的某一小截，所以人常常會有忽然大腦一片空白，或是對某個時間鎖發生的事毫無印象的情況。這對人並不會造成什麼大的影響。加上時隙偷本是一種極為克制的妖怪，它們所選擇要偷取的部分都有相應部分所要滿足的某些特殊要求。有的時隙偷還會在偷取之後，將原來偷來後剩下的記憶填充到另外一個被偷者的時間記憶裡，這也是為什麼有的人所確信的記憶總是和真實不符的原因。

生性愛惡作劇的時隙偷每每在竊取完後還會留下自己的印記，多為腳印之類的東西。因為對它們來說，看到被竊取部分記憶的人對失去部分記憶而茫然苦惱或者疑神疑鬼的表情，也是它們喜愛的消遣之一。」

「還真是混蛋啊……」害得我那幾天幾乎徹夜未眠，耳朵裡幾乎沒有消停過的嗤笑聲應該也是它們發出的嘲諷吧。

「不過，你該不會天真的以為它們只是一種喜愛惡作劇的妖怪吧。」嵐三摸了摸白桐木框上的雲紋，「竊取記憶和時間過頭的它們，會漸漸不滿足於此，它們會找更有意思的東西帶走。」

「什麼東西？」

「命。」

「所以醫院的那個男人有可能就是被偷走了生命？」多年前的周胡會不會也是如此呢……

「什麼東西一過度就會上癮，越克制的東西一旦爆發，毀滅性更強。而且根據我以往的經驗，往往越是約束自己的人，他所埋藏的欲望最終必定都會如山洪爆發。這些被偷走生命的人會連同時間的失竊慢慢萎縮。你之前所說的醫院裡那個男子的詭異死法其實不過是生命被強行擠出體外罷了。

沒了生命或是少了部分生命的人，當然變得不像自己了，根本說來他已經不是他了。人的外在變形只是生命破碎的表現。

而且，我擔心的是時隙偷快要完全失控了。」

嵐三走出洗澡間，他走到客廳的窗前，拉開布簾。

「你看那些房子。」

我順著嵐三的目光望去，白天裡那些密密麻麻的房子在夜裡變成了蜂窩狀的墳洞，在蒼白的月色下像緊密的蟲點，讓人頭皮發麻。

「前幾天還不是這樣的……」

「你待在這裡都快被偷得精光，哪還有充足的血氣讓你能夠看清這些東西。而且它們不想讓你看見，你自然發現不了。看來我的到來已經讓它們蠢蠢欲動了。等到這裡天亮，我們就得想法出去，否則搭上你，我估計得給你陪葬。」

終於熬到快天亮，這裡漫長的夜曾經讓我差點兒混亂到精神潰散。躺在沙發上的嵐三睡得正香，而我卻整夜的在床上輾轉反側。腦中響起嵐三睡前說的那些話：整個白樂鎮的存在是時隙偷用竊取的記憶和時間所構建，所以這裡的時間總是特別漫長，尤其是黑夜。之前讓我一直覺得不對勁兒的就是這裡的人好像來自不同年代的穿著，時隙偷所竊取來的記憶從很早以前就開始累積了，所以整個白樂鎮的人和運轉也是雜亂混淆的。

這裡的人只是單純被放入這個世界的傀儡，他們僅剩的只有時隙偷所留給他們僅存的生存記憶，或者是隨意填充給他們的記憶，所以賣菜的小販只記得賣菜，樓下賣包子的大娘把自己當成男人。但是時隙偷已經沒有足夠的能力支撐起這裡了，所以這個地方有熱鬧，有像現實世界中來往的買賣但不過皆源於有關熱鬧地方的記憶，所以這裡的人沒有生命，每天只能不斷重複設定好的時間。

不過是些混亂記憶，只胡亂充數。

按照嵐三的意思，正是因為時隙偷的力量還不夠強大到可以創建這個世界裡的正確時間，將那些記憶熔鑄在一起，而這恰恰成了我被吸引到這裡的因由。

它們在這找尋的是像我這樣擁有我們不該擁有的，普通人血肉之軀難以承受力量的人，然後將我們被擠乾生命的屍身永遠留在這裡。

那些密密麻麻的房子就是每個在這裡被偷走記憶、生命之人的墳墓，在這個世界裡能夠唯一不受這記憶時間所操控的兩個人，租給我這間房的老太太和那個讓我用一撮頭髮換取九竅石的書生。

也許都是時隙偷的化身。

床邊的石盤鐘的指標指向了九點，還有一個小時就天亮了。我忽然想起那個神祕失蹤的呂一凡。

他是不是早已經成為那些墳墓裡的一具屍體，成為那些密密麻麻小點裡的一點？

也許天亮之後，一起就知曉了……

天剛亮，嵐三就坐起身來，準時得像上好發條的鬧鐘。這個平日裡生物鐘走得比我還規律的人，應該早就醒了吧，居然可以一動不動的在沙發上躺到天亮。

是在想如何應對即將要到來的一切？

我收拾好包包，跟著嵐三下樓去。老太太住的二樓房門不似往常的敞開模樣，小木門緊緊的關著。

樓下賣包子的大娘仍舊吆喝著，重複著原來的話。

食物的香味在空中彌漫。

我卻不敢吃了。這些永遠熱騰騰的肉包，喧軟的大白饅頭，油亮酥香的油餅……卻讓我心裡敲起了退堂鼓。

「吃吧。」嵐三像是變戲法般遞來一個小圓麵包。這傢伙會讀心術嗎？

「哪來的？」我平日裡從來沒有見到他在我面前吃東西的時候，更何況他一向反感我吃的那些高糖速食垃圾食品。

「從那邊趕過來時偶然收到的，想著也許對你可能派上用場，所以就帶過來了。放心，保質期沒問題。」

我有些狐疑的接過他遞來的麵包，雖然我一直纏著他問他去了什麼地方，去那裡幹什麼，但是他不是隨口敷衍過去，就是乾脆扮演平日裡我「悶葫蘆」的角色。

當然我自然無法得知這塊麵包是他從一個死人堆裡扒拉出來的……

當時只想著只要能暫時填飽肚子就好了。

「接下來，我們要去哪兒？」

「找出口。」

「這個我知道，我前幾天還去過這個小鎮的入口，從這片樹林裡過去，只有一條路，非常好找。」我情緒高漲的帶著嵐三往樹林深處走去。

路還是原來的路，但是走到盡頭處，並沒有出現上次的出入口。而剛才一直延伸的小路到了這裡就已經截斷了。有的只是無法通過的荊棘林。

「之前明明這裡就是出入口了，怎麼沒有了？」還是說被什麼東西藏起來了？按照寫的那些怪奇故事裡的發展情節來說，這裡既然是為了吸引人前來而存在，想必要想離開也沒有那麼容易。

「它們已經發現了我的闖入，還能讓我們就在這樣輕易找到出口麼。」

「那怎麼辦？」

「先回到你的房間裡，你忘了那個差點要了你命的水鏡世界了麼？也許它會是我們逃離這個世界的唯一辦法。」

再回到白樂鎮的街上，所有的人都消失了。空蕩蕩的沒有聲音，這個地方好像忽然一下變成了廢棄的無人街。所有的熱鬧去無影蹤，逼仄的小房一層一層的交疊，想到入夜後這些變為蜂巢般密集的墳墓，直讓人心裡發毛。

我和嵐三當然察覺到了臨近的危險，所以加緊步伐回到了小屋裡，還好房子裡面暫時沒有發現異樣。

那塊白桐木框的鏡子還在，嵐三輕輕點頭示意。

我抬起手，觸向鏡面。

平滑的鏡面上漩起了一層水紋，漸漸的水紋越擴越大，紋路越愈密集。

我的手臂整個沒入鏡中，我拉住嵐三，再次回到了那個所有聲音都幾乎無法存在的世界。

還是那條河，沿河的小路和幾乎融於河面的天。我嘗試叫嵐三的名字，但是話才出口果然就又被空氣消融了，只有我的嘴動了動。看來，真的是一個獨立於聲音之外的地方。

那嵐三把我叫醒，把我拖出這個世界的聲音又是怎樣傳過來的？我望著嵐三往前走的背影，脊背挺直。再回到這個世界裡，雖然沒了聲音，我的左耳在這裡也完全喪失了聽覺能力，但是卻不似上次那樣獨自一個人在這沒有盡頭、沒有生命，萬籟俱寂的世界裡的絕望和抱著從此完全放棄的想法。

這個人的陪伴，至少讓我在這個世界裡對存活有了希望。

我和嵐三沿著河邊不停的前行，沒有時間的約束，如此漫長。不斷的重複已經快磨完我全部的耐心和體力，精神一旦疲憊就會陷入惡性循環。

雖然，嵐三倒是沒有任何的不適。

考慮到已經沒有力氣的我，嵐三只得停了下來。我坐在地上，稍稍歇息。忽然他扯了扯我的手臂，我往左望去，河面仍舊沒有波瀾，倒是河水卻從路旁浸漲了上來，而且不斷在上漲！我和嵐三一同站起來。

一開始行走，河水就不再上漲，而一旦停止，河水就又開始蔓延。這意味著我們得在這個沒有盡頭的世界裡永不停歇的行走，否則只能讓這些水將我們吞沒。

不知道過了有多久，河水已經攀上了我們的腰腹，因為我實在是再沒有走動的力氣了，所有的力量已經耗盡乾涸，再這樣下去，就得葬身在這裡了。

嵐三扯住我，費力的帶著我邁動步伐，他的額頭掛滿了汗珠，雖然沒有喘氣，但是我能感覺到拖著我的嵐三體能也將消失殆盡。

有什麼黏稠的東西附上了我的小腿……

我低頭，透明的河水裡，一團黑影漸漸變大，河面上泛起無數沸騰的水泡……一張扭曲的臉從水裡浮了出來！是那個租給我房子的老太太！

她咧嘴一笑，一口咬在了我的手上……

「看來，你們也不過如此嘛。嵐三，我還真是高估你了。」

我的手一陣劇痛過後，一道白光閃過，那個老太太已經被削掉了頭顱。

就像決堤的水一樣，先前所有消失的聲音如鋪天蓋地的巨浪從四面八方湧來。

我又聽見了那些久違的聲音，竟生出幾分親切。

「嵐零，是你一直在跟著我們？」那個和嵐三一樣瘦削的男子看起來頗為面熟……

「你是那個給我九竅石的書生！」

「呵呵，還不止哩……」嵐零玩味的眯起眼，雖然掛著戲謔的笑，但是那雙陰鷙的眼睛，卻讓我想起了帶走那個在張奶奶病房裡死去的男人屍體的黑衣男子。

他怎麼會出現在這裡？嵐三剛才說他一直跟著我們，莫非這些事他也參與其中？我對面前這個雖說是救了我和嵐三的人卻並不信任。他叫嵐零，和嵐三是有什麼關係嗎？難道說還有嵐一，嵐二？

「你就是艾言寧？別這麼戒備嘛。」這個才一劍揮掉時隙偷腦袋的男子，臉上還沾著藍色血污，此刻卻滿臉毫不在乎的向我伸出手來。

我正遲疑該不該握手，嵐三就一把把我拉開。

「嵐三，你還是一副拽得讓人生厭的模樣，當初還沒被撕裂夠麼？」嵐零的臉上閃過一絲陰狠。

「我再問一次，是不是你一直在跟著我們！」我從未見過嵐三像現在這樣情緒激動，雖然他的聲調仍舊平緩，但是他鬢角處凸起顫動的青筋卻洩露出了他強抑的怒意。

「是又如何，不是又如何？」嵐零像是在故意激怒嵐三一樣，他揚起那張臉斜著眼扯出向上彎的嘴角。

「我好心好意救了你們，這就是你們報答恩人的方式？」

「這個特意為毀滅艾言寧而設計的水鏡世界確實是你們的好意。時隙偷的出現不過恰巧也是你們的好意。」

「為我而設？」

「是，也是為你的雙邪耳而設。」嵐三打開我的背包，從裡面找出那塊九竅石。

「這塊九竅石，就是你們的鎖靈石之一吧。它們的存在就是毀滅和封鎖，是特意為那些擁有不同靈能的人而存在。這些竅孔形態各異，彼此相通卻又沒有出口，所以無論你從哪個地方放入東西，它都不會出來。你的這塊九竅石是剝奪聲靈的鎖靈石，這些小孔會不斷掠奪艾言寧雙邪耳的力量。每汲取一次，它的小孔洞所發出的聲音就會越來越多。雙邪耳本就以他肉體為生，它的被掠奪，艾言寧的生命也會被慢慢鎖入這些孔洞裡。最後只有等死。這也是為什麼只有他能觸摸那塊鏡子，並且進入鏡子裡。

因為這面白桐木鏡就是毀滅他的葬身之所。」

「被褫奪聽覺後的無聲世界是不是讓你回味無窮啊……」

這個死變態！我一邊暗罵著這個陰晴不定的嵐零，身上汗津津的，那樣絕望的滋味我怎麼可能忘記。

從精神世界裡的分裂、崩壞才是真正的毀滅！

「至於時隙偷嘛，磨磨蹭蹭的，讓我實在受不了了，況且留著它也沒什麼用了，死了也清淨。可惜，差點我就可以把那塊將你的靈能完全掠奪的九竅石帶回去了。你那只耳朵也想割了帶回去，哈哈哈……」

嵐三鐵青著臉，擋在我的面前。

「喲，別這麼緊張嘛，大哥我今天還不會和你動手，但是你也別得意，這小子的耳朵我們是要定了。」

……

回程的火車上，列車隆隆的往回開去，終於活著離開了那個見鬼的地方。沿途的樹木一排排的往後倒退，隨著記憶倒退遠去。

「為什麼那時我會掉了那麼多頭髮，嵐零在給我九竅石的時候也要了我的一小撮頭髮，你說我不會禿頭吧？還是他給我有下咒語什麼的？」

「艾同學，別搞笑了，這可不太像你。」嵐三揚了揚嘴角，「關於掉髮的問題，既然掉了那麼多頭髮，你的頭髮最後有掉光嗎？」

「那倒沒有，感覺並沒有什麼變化。」

「這就對了。沒有變化只能說明掉頭髮不過是一個幻象，是時隙偷塞進你腦海中的幻象，有時它們和某些人一樣可惡著。至於你給出去的那撮頭髮不過是嵐零施的一個簡單的跟蹤咒，它只是幫忙著窺視你大腦的想法罷了。不過，你放心，這個咒語現在對你已經失效了。」

「還有，嵐三，你老實交代，你是不是還有其他兄弟？」

「怎麼說？」嵐三有些不解的望著我。

「因為你是嵐三，現在又出現了一個嵐零，難道不是還應該有嵐一、嵐二甚至更多？」

一直神情嚴肅的嵐三聽罷，終於笑了出來。

「艾同學，嵐零是我大哥沒錯，不過，我早和他們沒關係了。至於其他你所說的兄弟姐妹確實沒有。」

我點了點頭，濃濃的睡意襲來了。

我沒有再追問下去，我還記得嵐零消失那天的情景，他沾滿藍色血污的臉，和嵐三有幾分相似的臉。以及他湊在我耳邊呼出的那句：

「你所深信的嵐三將把你推向萬劫不復的深淵。」

我也並非沒有疑惑。

比如呂一凡，那個寫下白欒鎮故事的呂一凡，他也經歷了和我差不多的情況，他也拿到了九竅石，那他是否也是另外一個靈能的人？他是否還活著，或是已經被九竅石掠奪了靈能，把自己的肉身留在了那些墳墓裡。我甚至有了一個大膽的猜測：出現在醫院裡的嵐零帶走的那具屍體是否就是呂一凡，而那些刻意寄來的書，是呂一凡為了提醒我寄來的，還是嵐零或者另一個未知的人所設的迷局？

無數交織的可能。

而嵐三，每次都出現得及時的嵐三，讓我無條件信任的嵐三。我沒有追問他不想告訴、或者還未打算告訴我的事。所以我也只權作不知道。

開幾句平日裡不像我的玩笑。

我一直在等他自己願意告訴我的那天。

車窗外柔柔的光打在了嵐三的側臉，投下一圈光暈。這個把自己裹得嚴嚴實實的人，我所深信不疑的人。

真的會如嵐零所說的那樣。

將我推向萬劫不復的深淵麼？

寄生・皿

「等待無盡。那個被黑暗所允許的容器，盛放著我的靈魂。我的眼睛，藏有我被割成碎片的祕密。」

——嵐三

「光明來到人間，不是為了審判人類而來的。有的人不接受光明，寧願生活在黑暗中，這本身就是懲罰。不接受光明從而墮落，本身就是懲罰。」

「你能相信，我的這雙眼睛的存在就是為了永無止境的哭泣嗎？」

她那雙仿若盈著黑珍珠的眼睛，在陰影裡閃動著危險又迷人的流光。不著寸縷的雪白肌膚側臥於幾乎將整個洞穴侵佔的龐然大物懷裡，濃密的黑羽輕輕覆住她柔嫩緊實的胴體。細長的脖頸牽拉出優美的線條，那張膚如凝脂的姣好面孔上，纖挺的鼻峰上，此刻紅如血滴的眼眸淌下兩道血痕。

我的左耳忽然一陣劇痛，嵐三面無表情，他右手捏著的匕首，緩緩蜿蜒下的血線，和女子臉上淌下的血淚一樣，鮮滴滴。

我聽不見他微微開合的嘴裡說了什麼。

我的眼睛裡只有女子望向我悲傷的神情，和她眼中不斷湧出的血淚。我也是她永無止境的哭泣中的一個生命，脆弱的生命吧。

意識被剝離，無盡的黑暗向我壓來，把我深深的壓陷進黑暗的泥沼裡。

我的耳朵裡響起最後一聲崩裂的巨響，嵐三的臉龜裂成縫隙。原來，我也是他的祕密之一。

這次，我的生命終於走向盡頭了吧。這只耳朵，將澈底失去生命，成為他靈魂容器裡一片可笑的碎片。

陽光明媚的午後，我在客廳的窗戶邊搬了把椅子曬曬太陽。嵐三打趣說我是在消毒，還說應該讓這太陽光把我那顆整天想著寫些精怪故事的大腦除個菌，免得總長毛得讓他心煩。雖然我有嘀咕這究其原因應該在我的那只耳朵上。

平時總是忙碌的嵐三，不是經常一大早出門直到半夜才回來，就是待在家，搗鼓他那幾口箱子，看那些大部頭的古書。今天難得閒下來，他也搬了把椅子，懶洋洋的眯著眼和我一起曬起了日光浴。

「艾同學，你聽了那麼多聲音，有沒有覺得想要澈底擺脫它們的時候？」

「……呃，有倒是有。」不過……那樣的想法都是老早的時候了。從小在孤兒院長大的我，自我開始記事起，就和那個外牆爬滿爬山虎，有著尖刺的黑鐵柵欄註定脫離不了了。被切割成不規則形狀的天，總是裝著散發出爛魚味蔬菜的鐵皮白桶。每到夏天就吵得人無法睡覺的蟬鳴，還有院長室裡那座總是燃著香，吐出煙信子的神龕。

收留我的那座孤兒院在失去資助後就變得越來越破敗，僅僅只有靠偶爾的一些善心人的捐款才勉強又維持了下去，所以吃不飽，經常生病而且沒有藥品，就是我們日常生活中習以為常的情況了。

我是院裡孩子中的「病秧子」，生病對我而言就是家常便飯。因為沒有藥品的供給，大多數時候我就只是被扔在一個小屋裡等待自生自滅。因為怕把病傳染給其他健康的小孩兒，但也並不是說這就是虐待吧。我的飯還是會被盛到碗裡送來。我並非不能理解，本就經濟如此困難，但我至少還有飯可以吃——即便有時是發餿的食物，土豆也是發芽土豆，我都覺得很滿足。

讓人沒想到的是，我最終能靠著那些發餿的飯菜活了下來。天生就是體寒的我，也因為此有過苦惱。曾經有一次，院裡的小胖子——也算是我在孤兒院裡唯一一個可以說上話的朋友，晚上做噩夢睡不著覺。因為當天孤兒院裡病死了個穿紅色連衣裙紮著羊角辮的小女孩，所以小胖子就跑來我床上，讓我和他作伴。

結果卻是他被被子裡我幾乎沒有熱度的身體給嚇哭了，他說我就像條滑溜溜的蛇。看來即使是不知事的毛頭小孩，也是對於寒冷有著天生的抗拒的吧。

本來就沒有什麼朋友的我從那之後更是沒有其他孩子願意搭理了。一個總是三天兩頭就生病，是個左耳聽不見的半聾，身體還冷得像條蛇的小孩也許就是他們心中的怪物——和那些吃人妖怪一樣可怕的怪物。

雖然我嚴重懷疑小胖子是不是真的摸過蛇……

以至於到了後面，我發現一直失聰的左耳開始能聽見了，那些怪兮兮的聲音從那之後倒成了我成長過程中唯一的陪伴。除了帶給我過相當長時間的恐懼和困擾之外，我想我也無意識的把這些聲音看作了默許——我還存在著的默許。活在這個狹小空間裡的我從耳朵裡聽見了另外一個渺遠得只有聲音可以到達的世界。那個對於常人來說無法接觸，難以觸碰的世界。

所有存在著或是我們無法看見卻真實存在著的器物都有的生命弦音，不管是泣訴也好，是憤怒、嘲諷也好，還是我無法分辨出的音節、字詞，它們都是切切實實的存在於我們周圍的。

重要的是，這些存在的聲音成了我能夠生存下去的支撐，我靠寫下那些聲音裡的故事來養活自己。有的時候，我甚至覺得黑暗並不讓我恐懼，我反而更擔心的應該是澈底失去聲音後的世界吧。

所以上次被困在白樂鎮的水鏡裡的時候，我想要不是嵐三將我從那個無聲的世界裡喚醒出來。那個地方裡無聲的絕望會將我吞噬得一乾二淨。

「習慣了，倒沒有原來那樣覺得煩擾了。」

「你聽過那麼多稀奇古怪的聲音，可知『有求必應石』？」

「聽名字，是心願石的那種？」

「差不多意思。多年前我曾經在一本記錄奇石的古書中見到過對『有求必應石』的記載，但是書裡所提到的相關記錄也並不多。只知道這塊『有求必應石』可以讓人心願順遂。還有個有趣的記載說找到『有求必應石』的人會打開詛咒之門。」

「什麼樣的詛咒？」

「這個我就不知道了。對這塊石頭的記載不過寥寥幾字，連這塊石頭的尺寸、形狀、質地，甚至是發現的地方也都沒有提到。」

「怎麼想起問我這塊石頭來了？」

「應該是我前幾天外出給一個地方看風水時遇到的怪事讓我聯想到了這塊石頭了吧。」

「難道說那個地方也發現了類似的石頭？」

「倒也不是。」嵐三動了動陷在椅子裡的身體，「就是感覺」。

「搞得這麼玄乎，你倒是別賣關子。」難得見嵐三這幅吞吞吐吐又欲言又止的模樣，對作為專寫怪奇故事為生的我來說，胃口早被吊足了。

「這樣吧，我明天還要去那裡，你自己和我一起去看就行了。」嵐三不顧我不滿的發著牢騷，側了個身，迎著白亮的日光打起了盹兒。這麼亮也能睡著。

真是任性的人啊。

我開始後悔跟著嵐三來這個地方了。

從昨天嵐三吊足我的胃口到今天為了一探究竟而長途跋涉，我的好奇心和耐心已經被耗盡了……

早上五點，嵐三就把我從被窩里拉了出來，我頭昏腦漲的跟著嵐三就這樣一直走到了這片田野，在天還是一片黑暗的田野裡兜兜轉轉。

沒錯，就是田野啊，黑黑的，一點兒也不好看。

屬於夜遊動物的我，本就睡眠不足，更何況平日雖然是六點的生物鐘，但睡覺時間的每分鐘對我來說都非常重要——哪怕只是少了分秒，就會出現我像現在這樣喪失了神智，只知道癡癡呆呆的跟在嵐三後頭，像個提線木偶。嵐三走到哪兒，我就跟到哪兒的情況。

哪怕是田野迂迴過後的狹窄打滑的田埂，我也是直生生的給一腳踩空，在淩晨的不知道幾點全身被泥漿濕透，沾滿青苔，在一陣嗤笑聲中怒不可遏。

好在今年的春分之日，溫度倒也合適。田裡的泥水把我從半夢遊的狀態中驚醒過來，雖然還不太冷，但是污泥貼在身上黏黏、濕噠噠的感覺，讓人難受極了。

「拉我一把。」

「你等著。」

我實在想不通嵐三在讓我在那堆爛泥裡等了好長段的時間裡去了哪裡。

微弱的月光下，直到我看到伸到我面前的樹枝，粗壯的枝臂切口還很新，莫非……

「你不會告訴我你讓我待著別動的這段時間裡，你就是去找了這根樹枝來？」

「是啊，找到這樣一根長度剛好又夠粗壯的樹枝也算費了我一番功夫。這裡的樹，有的樹枝要麼就是太細，要麼就是長度不夠。總之，找到這根合適的樹枝，我跑了好幾裡路。」

「可是，只要把你的手給我，拉我上來不就可以了嗎？」

「我有潔癖。」

「……」

我可以相信嵐三一定是故意的，這個陰沉起來比我還悶得住氣的人，也會開這種玩笑不是太過無聊了嗎？

誰知道，泥田遭遇還只是我遇到接下來一連串倒楣事的開始：從泥田裡被拉起來後，我先是因為被泥水浸泡，腳下打滑連著摔了兩跤，接著是被路途中不知道哪裡跑出來的野狗追。我想我這輩子奔跑的速度就在這兒用光了。

好不容易停歇下來，一場大雨就跟來了。

我澈底成了一隻落湯雞，而且我和嵐三還走在一眼望去依然是一片田野的小路上。

「我說，你不是才來過嗎，該不會是迷路了吧？」

「你就這樣不相信我的這雙眼睛？」

「和你的眼睛有什麼關係，有關係的是你的記憶吧？」

「記憶？呵，記憶這種東西本身就不可靠，把記憶和真實混雜甚至等同，真是危險又愚蠢。什麼是真實的？存在的就是真實的麼？還是說正在發生的就是真實的？人的記憶的出現一開始就只是為了方便對發生的事進行存檔、分類。人們通過記憶，把一些值得保留下來的東西通過時間代代的重複和傳承，加上不斷的更新，從而承接又一代新的記憶。但人本身就是一種很玄妙的生物。因為人要受本身的情感因素的影響，有意無意間，記憶也會說謊。比如人在受到創傷時，它們會選擇性的隱藏創傷部分，有的甚至會自行進行記憶修改以起到保護的作用……

總而言之，記憶這種東西，彈性又大。如果完全的相信它，恐怕上次在白樂鎮，你的頭髮就活該掉得一根也不剩。」不知道他這麼長篇大論的說了這一大通是因為精力過旺無處安放嗎！

「哼，那你怎麼不說是你的眼睛出了錯？」好歹我也是一個以寫文為生的人，雖然寫的是並不太主流的邊緣類作品，但我筆下的怪譚故事本就是以構建非現實非合理的方式來呈現另一個現實合理的世界，這樣說我是一個把記憶和真實混為一談的蠢人，我當然不服氣。再說，要回擊嵐三眼睛所見也絕非絕對正確的理由，實在是多得手一抓就是一大把吧。

「我的眼睛絕對不會出錯。和你的這只鬼耳朵一樣。」

「天都快亮開了，那怎麼還沒到？」

「再往前走就是了。」

「我怎麼知道前面是不是還是沒有盡頭的田野？」

「所以叫你相信我的眼睛。」

「眼睛和記憶一樣也會出錯……」

我倆居然就著這個問題一直爭論到我嗓子嘶啞到快說不出話來。

「前面不是就快到了麼？」嵐三指了指遠處隱隱出現的黑點。

我們走了近半天的路了，從天還未亮一直到現在，中途的我只吃了嵐三帶的一點兒乾糧。長時間的行走再加上摔入泥田、被狗追，被雨淋接著又摔跤……早就折磨得我疲憊不堪了，我是又累又餓。這條路還長得跟沒完沒了似的，現在終算是熬到頭了。

我強打精神，深深吸了口氣。

已經埋進大半個臉的夕陽，洋洋灑灑的日光也被吸納得只剩一層稀薄的光暈，在嵐三指去的那個方向，終於出現了人家。嫋嫋的炊煙從煙囪裡冒了出來。

我覺得我都能聞到那股誘人的飯菜香味了。我和嵐三繞過種有菜果的土地——用竹篾編成的柵欄將這些菜地和人行走的小路分開，光禿禿的樹椿抽出了幾枝小綠芽兒。成片的果樹林間還吊著這個季節特有的成熟的血臍。因為實在太多，又沒有及時採摘的緣故，所以土地上落滿了從橙樹掉落的圓溜溜的果實。

朝著炊煙的地方越近，人生活的跡象就越清晰。悠閒低頭啄小蟲吃的黑母雞，從我們身邊跑過去的大黃狗，田邊的水牛。黑瓦片蓋就的土牆房，外壁上已經有了裂紋。塑膠薄膜被貼在牆面上用來防潮防雨，水泥堆砌的爐灶旁散落著幾塊燒黑的木塊。

「咦，這裡的人都去哪兒了？」

雖說已經到了這個看起來應該是人丁興旺的小灣，但是我們卻連一個人的影子也沒見著。已經發黑暗沉的木門微微敞開一條口子，小屋前的空地上堆著應該是才從地裡挖出來的野山芋，泥土都還是濕潤新鮮的。沾滿泥漿和雜草的水筒鞋軟嗒嗒的靠著牆根兒。

「有人嗎？」我站在小屋外大聲的問道。

但是並沒有人回答。

我們一連走了好幾處地方，都沒有見到有人。我有些喪氣的一屁股坐在石頭上，我是真的快要餓到虛脫了……這裡的人哪去了？看這情形，鋤頭都還歪斜的倒在泥土裡呢，這裡的人們應該是因為突然發生的什麼情況所以匆忙放下手中的事就走了吧。

「嵐三，你昨天來的地方是這裡嗎？」

「就是這裡，三角灣。」嵐三扣了扣土牆上釘著的藍色銘牌——白色的「三角灣4組21號」幾個字還挺顯眼。

「那怎麼沒人啊，是不是去哪裡了？」但是這樣全灣的人都一同不見了，總讓人覺得怪怪的。

「你說會不會是灣裡的人參加什麼集體活動去了，開會啊什麼的？」我繼續猜測，只有這種需要全部人參加的活動才會出現這樣的情況嘛。

周圍雖然是沒有人聲，一片安靜，但是經嵐三提醒，仔細一聽，我卻能聽到有人的呼吸聲還在，非常鮮活，而且就在不遠處。

「雖然沒有說話交談，但是在前面的那塊地方，我聽見有人的呼吸聲，我們還是去那邊看看吧。」

嵐三讚賞的拍了拍我的肩膀。我的這只耳朵還真是靈敏得像狗耳朵啊，我自嘲的笑了笑。

一路過去，呼吸聲也跟著變得明顯起來。

在一個四合院樣的小院裡，我們停了下來。石塊鋪的路面，很多都因為年代的久遠已經破裂了。由四個小院圈起來的空地上方搭了層黑布，不像是在舉行葬禮，只有五六根竹竿在起著支撐這層黑布的作用。小院的入口也就是我和嵐三站著的地方，燃著十三根紅香燭和一大把線香。沒有完全燃盡的符紙樣的東西在炭火盆裡吐出最後一絲煙。不似那些粗糙的紙人，這具做得尤為逼真精細的紙紮小人穿著花花綠綠的紙衣立在竹竿旁。而盤腿無聲坐在地上的三角灣村民們正圍著一塊青綠色的圓石。

「嘿喲喂！圓石顯靈，了願得以生咯喂！」

「嘿喲喂！」

忽然響起的歌聲讓我嚇了一跳，剛剛還靜默得只剩呼吸的村民們齊刷刷的睜開了眼，跟著唱了起來。這情形讓人莫名想到從死亡裡復甦過來的屍體……

歌聲剛畢，為首的應該是負責整個三角灣的中年男子起身，他先是叩首，然後把立在竹竿旁的紙紮小人請到了竹編的轎子上。分別再讓四個青年男子抬著，繞著那塊青石來回轉圈。

我和嵐三，應該是我，看得幾乎快屏住了呼吸。

再次被請下竹轎的小人平躺著被放在青圓石上，然後被分成六塊。為首的中年男子把除了頭之外的紙人的其他身體部分分別分給了不同的村民。而剩下的頭部則纏上紅線像貢品似的呈立在圓石上。

雖然明明知道這不過是具沒有生命的紙人，但不知為何看著這種場面，總覺得心裡顫悠悠的悶得慌。那紙人頭部纏繞著的紅線越看越像道道血痕……

「你們是什麼人？站在那兒鬼鬼祟祟的幹什麼？」像是正在舉行某種儀式的村民們終於注意到了站在小院門口的我們，其中一個穿著染布衣服和綠色膠底鞋的女人瞪著她那雙瞬得渾圓的雙眼，緊緊懷抱紙人右臂，滿臉戒備。

「張么姐，別激動，這位是前幾天來給我們三角灣看風水的先生。至於這位……？」

「是我的助手。」我看了看我身上早已經乾涸了的泥汙印跡，當你的助手，說得還真是輕鬆啊。

「原來是助手先生啊！麻煩，麻煩你們又來一趟了。我是三角灣的總幹事，所有這裡的事基本由我負責，叫我阿寶哥就行了。」

阿寶一邊吩咐著其他村民打掃那些燃燒後的煙燼，搬走那塊放有紙人頭顱的圓石，一邊招呼著我們到小院內屋休息。剛才那個質問我們到來目的的女人，抱著分得的紙人肢體冷冷的哼了一聲。其他的人也是滿臉警惕的低下頭，散開去。

「二位不要見怪，我們這裡的人啊都是這樣，對外來的人總是不信任。但是大家也沒有什麼惡意。助手先生，我看你的衣服都髒了，一定來時吃了不少苦頭吧，你還是先去我家，把衣服換下來吧。」

阿寶哥看了看我身上泥漿已經乾透了的衣服，連忙帶我入屋去換衣服。

「阿寶哥，剛才你們是在進行祭祀之類的儀式嗎？」

「是祭祀圓石神呢。」阿寶神祕兮兮的壓低了喉嚨。

「就是那塊你們圍著的青圓石？」嵐三問道。

「沒錯。」

「那……那紙人又是怎麼回事？我看到剛才你們把紙人的不同部位給了村民們，有什麼特別的含義或是講究嗎？」

「這個啊，是我們三角灣一直以來都有的『求祈』儀式啦。分紙人只是其中的一環。反正從我記事起，每年舉行一次的『圓石神祭』就開始存在了。在我們三角灣的泥田後面啊，有一處無人墳。剛才你們看到的那塊青圓石傳說就是從那座墳裡挖出來的。

「我看那塊青圓石並非普通的石類，特別是它的顏色，是一種罕見的湖綠。一般石類裡根本沒有這種色澤的石頭。」嵐三若有所思道。

「對於這塊石頭到底是什麼種類，我們當然不懂這些啦。不過這塊石頭倒是還有個讓人想不通的地方——它很脆。」

「脆？這話怎麼說？」脆的石頭，我倒是第一次聽到有人用這樣的字形容一塊石頭。

「就是它連一般石頭的硬度都沒有啦。稍微一用力，它就會噼嚓斷裂，就像我們三角灣每家人都會做的芋餡兒酥餅，外層一碰就掉渣的那種。前幾天，看圓石的娃兒不小心把小石子彈上面了，圓石的外層竟然裂開了一大塊。

而且啊，讓人驚奇的還在後面。除了它的顏色和脆外，就是它好像有種能吸附東西的力量。」

「怎麼吸附？」

「我也不知道怎麼形容啦。就像你把什麼東西放在圓石上，第二天就會發現放在圓石上的東西被它吸進去了，融進石頭裡了。我們的祖輩們曾經試驗過那塊石頭，他們在石頭上面用繩子綁了一隻活雞，然後輪流守了石頭整整一夜。結果你猜怎麼著？那只雞在他們面前就這樣生生的消失了，而且綁住雞和石頭的繩子都還在呢！而那石頭的表面還滲出了一層濕濕的粘液。所以啊，後來又有了圓石會吞東西的說法。」

「這麼說來，難道你們難道就不害怕？怎麼反倒依然供奉起它來了？」

「當然怕！一開始我們都對那塊石頭的存在一直戰戰兢兢的，小時，灣裡的哪家小孩兒不聽話，大人們都會嚇小孩說，『不聽話，就把你都丟到圓石上，讓它把你吃了！』之類的話。我們對那塊石頭當然恐懼啊，所以才會繼續舉行這每年一次的『圓石神祭』。只是到了後來，灣裡的人發現了那塊圓石雖然有讓人恐懼的消融活物的力量，但是它好像還能替人實現願望……」

「那阿寶哥，你們許的願望都實現了嗎？」我比較好奇的是這個問題。

阿寶的雙眼閃過一絲異樣的光亮，「你相信嗎，只要成功在這塊石頭面前祈願，就一定會實現。隔幾天你們就能親眼看到這樣讓人覺得不可思議的奇蹟出現了。兩位還是先好好休息，吃飯。還請兩位能放心在這裡住下，能夠待上幾天，來和我一起見證這塊圓石的神奇。等兩位休息好後，再有什麼想問的地方，儘管問就是了。」

在阿寶的極力堅持下，我和嵐三暫時留了下來，決定再在這裡待上幾天。阿寶住的地方就是剛才村民們拜青圓石的小院。小院的內牆重新塗過了白色塗料，牆壁裂開的縫隙也填好了。雖然屋裡的地板還是用泥土鋪成的，但倒也平整。

「嵐先生和助手先生，你們就住這間屋吧。」阿寶把我們的包提進了進門左手邊的小屋裡——也是典型的農家人房間，和主屋一樣的白牆，牆上開了扇小小的窗戶，窗戶紙是張塑膠薄膜。一張略為破舊的五斗櫃被安放在窗戶旁，一張久遠年份的海報貼在櫃門上。櫃子邊放著的就是這個房間裡唯一還有的家具，一張老舊的木架子床。

「就一張床？」我和嵐三兩人的身高本就很高，不僅擁擠，而且想到兩個大男人擠在一張床上，真是讓人彆扭得很。

「啊，真是抱歉！本來家裡還有一間空房，不過因為這不才下過雨嘛，那間房漏雨，把床褥都打濕了。所以只能讓你們委屈擠一擠了……」

雖然我有些不情願，但是又沒有其他辦法。好在阿寶最後幫我們在房間裡又鋪了塊臨時的木板床，蓋上厚厚的被子，即使是早春季節，應該也不會冷了吧。

放下東西，鋪好床鋪後，阿寶就來招呼我們吃晚飯了。

奔波了近一天，終於可以停下來休息了。不知不覺間，外面的天光早散盡了，拉下了黑夜的帷幕。

「嵐三先生，你們將就著吃，都是些農家粗食，雖然有些糙，但這些食物都是我們自己種的。吃著放心。」阿寶熱情的遞過碗筷。

一盤芋頭糕、辣尖椒小炒肉、蒜苗蘿蔔乾和一盆白菜豆腐湯，對於早餓得前胸貼後背的我來說，這算是一頓很豐盛的晚飯了。沒想到這位阿寶哥看起來是一位粗曠硬漢，居然能做得一手好菜。一盤芋頭糕外層焦香，裡頭軟糯，農家特有的菜籽油香讓這盤芋頭糕香氣十足。

「阿寶哥好手藝啊，是一個人嗎？」我一口喝下半碗豆腐湯，這才注意到我們在這個家裡並沒有見到阿寶哥的家人。

「父母都過世了，我又是獨子，所以家裡就剩我一個人。而且啊這個我都不好意思說，我都四十歲的人了，還是老光棍一個。一個人住得久了，其他沒學會，倒是把女人家的手藝給學來了，見笑見笑。」

我有些尷尬的不知道是不是該說些安慰他的話，但是我平時又是一個沉悶的人，嘴笨不說，哪裡會安慰人。

「阿寶哥，你們祭圓石神的時候，為什麼要用紙人來參祭呢？」剛才一直沒見動筷的嵐三冷不防的把話題又帶回到了今天的圓石祭上，這個問題也是我所疑惑的問題。之前雖然也有提及到這裡，但是當時也只是講到圓石的來歷後就草草收了尾。祭禮尾聲，他們把紙人「分屍」的場面還讓我心裡涼嗖嗖的啊。

「在我們三角灣家裡，每人都有一個屬於自己的紙人。」

「哦？」嵐三擺了擺手中的烏木筷。

「在我們三角灣啊，紙人是另一個我們。」

「是替代的那種吧？」

「可以這樣說。我們並不只是把紙人當做喪葬中的陪葬，我們相信有我們模樣存在著的紙人可以代替我們承受災禍，把一些直接加在我們身上但是又看不見的力量、語言通過紙人來傳遞給我們。所以，我們的紙人做得也非常逼真。」

「所以你們祭祀圓石神的時候才會用紙人來作為祭祀承載，可是為什麼又要把紙人『分』……成幾部分呢？」我說「分」的時候，差點沒忍住真的說出「分屍」兩個字。

「應該是人頭偶的一種吧。」

「對！對！嵐三先生果真是知識淵博的人啊！」阿寶一幅對嵐三欽佩之極的模樣。

「那又是什麼？」我不明白為什麼嵐三提到一個人頭偶就能讓阿寶哥如此激動。

「所謂人頭偶，就要涉及到一些古巫術的東西了。早期的人頭偶的存在非常活躍，它們一般出現在一些僻遠古舊的山村村戶裡。有點像Voodoo，也就是最早起源於非洲南部的巫毒娃娃。這些最早由稻草或者野獸屍骨製成的娃娃，是部族施咒時所需要的媒介。當時巫毒傳播的主要路線之一就是從荷美到海地再至美國，Voodoo這個詞源於達荷美共和國（Dahomey）的語言Vodu，而在其傳播過程中，Voodoo一詞又出現了Hoodoo這個別名。在其意義上，Hoodoo這個詞偏重法術，比如符、咒、人形偶的使用。

其中關於在巫毒儀式中的獻祭，是透過生命體來與神聖的力量進行溝通的，以此獲得幫助和求得神諭。

有關它的傳說是巫毒娃娃作為巴西獵頭族的祭祀用品一說，巫師們會把那些闖進他們領地陌生人的頭顱割掉，通過念咒語和法術把人的靈魂囚禁在他的頭顱裡，再用縮頭術把頭顱縮成只有四肢的娃娃。而那些被囚禁於娃娃體內的魂靈則需要用下一個人的生命來進行新一輪的囚禁。」

「那你說的人頭偶和這個也一樣嗎？」我原來寫書的時候，也有查過這方面的資料。我還記得當時我在雜誌上寫過一期主要以「巫毒娃娃」，「降頭術」和「中國苗蠱」這三個並稱為東南亞三大巫術為介紹內容的專題故事，對於巫毒娃娃的起源當然也很熟悉。

「原理相似但並不等同。對巫術的起源本來就有很多種說法，它有祈福、詛咒、護身……的作用，對它存在的真實性也是各有爭詞。而其中玩偶的出現一開始就是一種帶有『靈』的產物。

人們有了對於把身邊的東西從擬態、擬物到擬人自己的樣子的想法，以此來作為寄託和替代。替代離開、死去，失去的人。寄託祈願，希望或是報復詛咒。而這種玩偶的材質由最初的草編類、獸骨類到後來隨著織布技術的發展，其他手工技藝的精進和人們對其他材料的熟識掌握，現在的玩偶可以通過一定的製作達到非常接近人自己的樣子。而大多市售的人偶只是純粹作為消遣的玩具了，就算是一些打著巫術為名的娃娃之類的也不過是商業噱頭。

但是在一些偏遠悠久的古地、村落，仍然保留著一些不同技藝的玩偶製作。我曾經去過一個地方，那裡的人就以死人的頭顱骨作為玩偶的填充，還有的會以死人皮作為人形玩偶的皮膚。他們把這種人偶叫做人頭偶，不過後來因為一些人的反對——這些人認為把死者的頭顱填入人偶內是對死者靈魂的破壞，所以改用紙紮人來替代——這種紙人和我們平時遇見的喪葬中所要用的普通紙人不一樣。

他們採取留下逝者紙人模樣的頭顱，分切掉紙人其他部分，這樣可以把使者的靈魂齊聚在頭顱內，可以起到相同的作用。人們相信把這種集有靈的紙偶頭獻祭給帶有神祕力量的供物可以達成某種力量的對接，以此讓人獲得某些力量，或是實現願望。」
「不僅於此，那剩下的紙人肢體也是難求得的……」阿寶哥幽幽的歎了口氣。
「難道連那紙人的肢體也有某些力量？」我的眼前浮現出的是那個懷抱著紙人右臂，滿臉冷意和介懷的女人。還有其他幾個分得紙人其他肢體部分的村民的臉，有種讓人覺得不舒服的……欲望？
「在我們三角灣，除去每年都要把『靈』最盛的紙人頭顱獻給圓石神外，剩下來的五部分還會依照『順序』來發給相應的村民。」
「什麼樣的順序？」我注意到阿寶在說到「順序」時有稍許的遲疑。
「這些留下來的紙人肢體才是真正可以幫助人實現願望的關鍵。而想要獲得每一年才有的這個機會，則要靠家裡人死亡的時間順序。」
「什麼？」我懷疑是不是自己聽錯了。
「死去之人除了要滿足死於正月十五、驚蟄、芒種，陰間鬼門大開前的七月十四以及白露，而且還要和被分去身軀的紙紮人一樣，左右腿臂和軀幹部分都得各有傷損才行。當然如果同時有其他人也滿足這個情況，最後的結果則取決於因這些傷而喪命的人。只有這樣，人們才相信這些死去之人是紙紮人所選取的物件，這些死去之人的家人當然才有資格可以獲得他們家人以生命換取的力量。分得紙人肢幹部分的人最後只需要在圓石神面前誠心下願就可以了。
以季節裡所對應的二十四節氣來作為條件之一，實在是讓人太不可思議了……
「那如果那一年裡沒有滿足那些條件的人死去呢？」

「整個三角灣必逢災禍。所以，這也是為什麼我說只要『成功』在石頭面前許願，就一定會實現的原因。」

直到後來我才知道，有一年因為沒有滿足條件死亡的人，三角灣的村民們在上山過程中被莫名其妙滾下來的石塊砸死砸傷了不少，而那座山不過是海拔兩百米的小山，而且上面根本沒有什麼碎石塊，更不可能出現什麼山體坍塌。

而在其中死去的人中，有一個正是阿寶的父親。

「嵐三，這些說法你覺得可信嗎？那塊圓石真有那麼大的力量？」我躺在木板床上，沒錯，是我躺在木板床上……我那病怏怏的身手哪比得上這個每天淩晨起來跑步的人。我總覺得剛才阿寶哥的話裡還有許多東西並沒點透，說明白。

「沒什麼可信，也沒什麼不可信。有的東西看不到聽不見不代表它就真的不存在，這個我想你我最清楚。至於這塊圓石是否真有那樣的力量，現在去下定論還太早。」嵐三停了停。

「而且啊，這個三角灣可還四處是謎呢。」

六點，我準時醒來。天還沒亮，硌了一晚上硬梆梆的床板，連做的夢也是稀奇古怪的切換個不停。總之，夢的內容我是記不得了。不用說，嵐三的床一定是空的。我看了看右邊的木架子床上，果然被子都已經折疊得整整齊齊的，和他一絲不苟的外表一樣，比我還不討喜……這個每天淩晨五點準時得像塊活鐘錶似的人，總是在這個時間不論天氣如何都要跑步。在我的印象裡，風水師就算不是那種神神道道拿著羅盤，一身布衣馬褂，一派道骨仙風模樣的就是掛著塊大字招牌，眯著眼，桌上放碗米，裝作勘破天機的無賴神棍。

一個喜歡晨跑的風水師……就像寫怪談故事的我忽然改寫了言情，或多或少有那麼一點違和感。

屋外傳來燒火做飯的聲音，燃燒的稻草在土灶裡發出劈劈啪啪的聲音。

「阿寶哥，這麼早就起床做飯了？」我披著外套，看著正低頭往土灶裡塞稻草的阿寶。

「是助手先生啊！時間還早著，怎麼不多睡會兒？」

「阿寶哥太客氣了！你比我年長，我姓艾，叫我小艾就行了。」

「好好好，小艾兄弟。你平時也都這麼早起來嗎？是不是我的動靜太大，吵醒你了？」

我連忙擺手，「哪裡的話。我每天都是這個點醒來，已經成為習慣了，睡多了也睡不著，而且精神反而會不好。」

「嵐先生起來得真早啊，我才從床上起來去茅廁就見他出去了。說是去跑步，果真是厲害的風水師啊。」

我雖然不明白跑步和是不是厲害的風水師之間有何直接聯繫，但是這位阿寶哥對嵐三可是有著異常的欽佩。

我和阿寶哥左一句沒右一句沒的聊到嵐三回來。對於這個三角灣，我也終於不是一無所知，算得上有一定瞭解了——這個有著奇怪名字的小灣，因為它的分佈形狀像個三角而得名，而且湊巧的是每三家人所居住的地方，連起來正好也是個三角形。

聽阿寶哥說，三角灣的村民們都是從另一個地方搬遷過來的，是一支歷史悠久、鮮有人知的部族。圓石祭和人頭偶也是從部族中流傳出來的。這裡的人幾乎都還過著自給自足的生活，外來的痕跡並沒有過多踏上這片土地。它還以盛產各種類的橙柚柑橘為名，有很小的一部分曾去過外面世界又回到這個三角小地兒的人則幫忙著聯繫果商們把這些橙果拉到其他地方售賣。阿寶哥也是其中之一。

「這個地方不是真的世外桃源，與外界澈底隔絕了不好。」我記得阿寶哥這樣說過。

至於阿寶家，則是整個三角灣裡比較有名望的。阿寶的父母及上上代一直都是灣裡總幹事的，後來阿寶的父母去世後，又加上他身為獨子，所以自然就是阿寶接班了。

「看來，你瞭解得差不多了，等會兒吃完飯我們就出去看看。」不管我怎樣纏著他問他在這裡遇上的怪事到底是什麼，但嵐三仍舊是不慌不忙的只顧著擺弄他手裡的一隻蓮花狀的琉璃容器。

「咦，你手中的這個容器哪來的？」

「它就是我在這裡遇上的第一件怪事。這就說來話長了，所以，還是等你先吃完飯再說吧。」

白霧散去後，陽光照進了三角灣。果樹葉片上折射著溫和的白光，褐色的泥土上罩了層淡淡的橘紅。田野間的小路旁，草木噙著露珠，間隔分佈在其間的磚瓦土坯房，遠遠望去，像一個個掉落的黑點。沒有用繩鏈拴住的大黃狗正在地壩子邊舔著碗裡的水。

天透亮透亮的，遠方染了層淡黃色。今天會是個好天氣。

「我說艾言寧，你能不能把你那身沾了泥的衣服換了？還等著生黴麼？」嵐三有些嫌惡的盯著我褲腿上的那一大團泥漬。

「不是你，我會搞成這樣嗎？」想到這裡，我就氣不打一處來。要不是他一大早把我叫醒，我會因為少睡而神智不清到掉入田溝裡嗎？而且要不是因為我這個人生性臉皮薄，不好意思問阿寶哥借衣服，你以為我想穿這身泥巴都乾透了的衣服嗎？

「你不是雷打不動的早上要跑步嗎？那天怎麼不跑！」

「知道要來這兒，所以我已經提前了兩小時。」

「你不是人……」

我面前這個眼睛可以看到某些預言片段，總是穿得像影子一樣，對怪奇之事的瞭解又如此深厚，而且你永遠不知道他的疲憊點在哪兒，甚至見不到他吃飯時候的風水師。

一定是個怪物。

在我一路上不停嘀咕著等回到阿寶哥家一定要記得請他幫忙借我換洗衣物，一邊想著這個看似祥和但卻又處處充滿神祕的地方的時候，我們已經到了嵐三在這兒遇到第一件怪事的地方。

居然是座只有墓碑石上沒有刻字的墳。

「你不會告訴我這座墳恰巧就是挖出青圓石的那座墳吧？」

「沒錯。」這簡直就是無可避免的巧合……

「你的那只蓮花琉璃瓶也是從裡面找到的？」

「喏，就在那塊石碑的底下。原來挖出青圓石後，這座無人墳被重新休整過。後來阿寶找到我，讓我來看看風水走勢的，就是這座無人墳。我也是在用鎮尺測土時，找到的那只瓶子。」

「那只瓶子應該不只是普通的瓶子吧？」想也不用想的肯定回答，讓嵐三注意的東西哪會只是些單純的泛物。

「我就奇怪，在那只瓶子上我看不出任何東西。但是我的直覺告訴我那只瓶子定有古怪，你來看這裡。」

嵐三拿出那只蓮花形狀的琉璃瓶，剛才沒有時間仔細看，現在細瞧，發現這實在是一件做工精細得讓人驚歎的精美器物——水晶般剔透的蓮花瓣好像閃著盈盈溫潤的光亮，每一片花瓣都各不相同，惟妙惟肖。而且雖然說是透明的，但是花瓣的紋路好像又都通過沉澱在琉璃瓶內的一些拉絲小點表現了出來。綠幽幽的……？

「這是?!」

「這些綠色的碎渣粒兒很像是青圓石的碎渣，加上它們都是出於同一個墳墓，如果真的是這樣的話，這兩者間肯定存在某種聯繫。更奇怪的還有……」

嵐三拿起瓶子，用力的往地上摔去。

這傢伙瘋了！我慌忙用手去接，可惜並沒有接住。

只是一聲脆響，乾淨的落地聲。沒有碎裂。再摔一次，結果還是一樣，瓶子完好無損。

「明白了吧。」嵐三撿起地上的琉璃瓶。

明明看起來只是玻璃啊，怎麼可能這麼堅硬，我有些不相信的拿過瓶子。就是玻璃沒錯……

在我又接著摔了幾次後，也都以琉璃瓶完好無損告終。

「阿寶哥說過，他們在這裡挖出來的青圓石特別脆，沒有石頭應有的硬度，而你找到的這只琉璃瓶又剛好相反。那塊青圓石有吸附的力量，那麼這只瓶子的力量又是什麼？」

「我不知道，所以我才說它有古怪。而且我一碰到它，眼睛就會產生灼熱的感覺。」

「那要不要問問阿寶哥，也許他可能會知道。」

「還是先不要在他面前提到我在無人墳裡找到瓶子的事，」嵐三搖了搖頭，「而且你覺得他們既然能挖出青圓石，說明這座墳當時一定還被徹底的挖掘過，也沒有道理會忽略掉藏有瓶子的石碑底——況且這只琉璃瓶本來埋得就不深。我想這只瓶子要麼是在他們重新修墳後才出現在裡面，也許是被什麼人埋在了那裡，要麼就是它一直在那裡，和那塊青圓石一樣。如果只是因為某些原因，人們無法看到它，而我的眼睛能夠找到它，就已經證明了它絕非普通的器物。」

而且，和嵐三還有著千絲萬縷的聯繫吧。

「說到第二件怪事，和這裡的人有關。」

今天的我，應該是和這些墳墓結緣了吧。嵐三帶我去的地方，是另一片墳場。密密麻麻的墳包頭長滿了黑色像草之類的東西。香燭灰和紙錢灰鋪了厚厚的一層，從鞭炮燃放完後的紅色碎屑上好像還能聞到淡淡的火藥味。

在我面前的墳包壘成的時間應該有段時間了，但供果是新鮮的，看來是最近有人來上過墳。我望著墳碑上貼著的黑白照，「這個人和阿寶哥有點像……」

「他就是阿寶的父親。」

我想不明白嵐三帶我到這兒來的目的。

「看見這幾座新墳沒，他們就是今年符合圓石祭而死去的五個人。」嵐三指了指阿寶父親墳墓邊的幾座新墳。

「這裡所有的墳埋著的都是符合圓石祭要求而死去的人，還是所有死去的人都埋在這兒？」

「當然是只有滿足要求的人才會被葬在這裡。」

這一眼望去密匝匝的墳居然葬著這麼多滿足圓石祭要求而死去的人，這些死亡真的只是巧合嗎？如果不是巧合……

「這座墳是那個質問我們來這裡目的的女人丈夫的，旁邊緊挨著的是三角灣一個木匠師傅的兒子的墳。」

嵐三依次指了指面前今年剛壘的五座新墳——五條逝去的生命。

「分別死於正月十五，驚蟄，芒種，七月十四和白露……」

「有那麼邪乎嗎？」這樣讓人難以想像的巧合，偶然得讓人毛骨悚然。

「而且，這幾位死者的致命傷和被分去不同身體部位的紙人一樣在同一個地方。第一座墳裡的人是個老單身漢——黃麻子，一家人幾乎都死光了，就只給他剩了個小兒子，結果唯一的獨子卻因為左腿被砸斷失血而亡。拿紙人右臂的那個女人的丈夫則是右臂被蛇咬傷，是中毒而死。老木匠的兒子好像是腰上長了個什麼東西。更為奇怪的要屬後面的兩個人了——兩人明明是在同一天受傷，一個在左臂，一個是右腿。聽說找到這兩個人的時候，兩人都躺在山底，本都已經是氣息奄奄，其中一個死於七月十四，另外一個卻是硬生生的挨到了九月七的白露。好像就是在跟著設定好的時間進行的。」

「除此之外，你還有其他發現吧。」否則嵐三不會把我帶到這些墳墓前。

「摸摸這些土。」

我蹲下身，抓了一把墳前的土。

「這黏黏的是什麼東西？」看似和一般泥土沒有什麼區別，但是一碰才發現這些泥土已經開始融化。我知道用融化來形容這些濕黏黏的泥土實在讓人難以想像，但是我也不知道除了這個詞外還能用其他什麼詞可以形容我所遇見的這種情況。

總之就像為了消化食物而分泌的胃液那種吧。

「這些泥土正在分解掉東西，雖說現在還並不太明顯，進程也比較緩慢。」

「其他的墳都是這樣的嗎？」

「那些墳已經不需要分解了，因為墳裡已經沒有任何可供它們分解的生命。這塊土地正在變成死地，是也許沒有任何東西可以存活下去的死地。這就是阿寶讓我看的第二個地方，而且這些墳裡的骸骨也只剩下了一部分。」

「你不是說這些土已經沒有什麼東西可以讓它們分解了嗎？怎麼還有骸骨存留下來？」

「所以才是奇怪的事。而且你想不到，這些留存下來的骸骨部分又正好是死者生前受傷而喪命的部位。」

什麼?!

一束光線打在了我的臉上，臉頰竟覺得熱辣辣的，就算是在溫度回暖的晴天裡，但是踏在這塊墳地上的腿依舊是一陣冰涼。

這塊墳地裡，埋有無數隻左右臂腿，還有軀幹……我看著面前黑壓壓一片的墳包，就像異度世界裡的存在。

無盡森冷。

沿著小路，我們回到了三角灣。

在入口的小路旁，一些村民正蹲在水塘邊洗著剛從土裡摘下的菜，不過一看到我們，就立馬拿著菜走開了。

「還真是冷漠啊。」嵐三笑了笑，額前的黑色頭髮遮住了眼睛。

「你們就是阿寶叔請來的風水師先生和助手先生？」一個聽起來有點怯生生的聲音響起。

聲音的主人是個十三、四歲的少年，皮膚是健康的小麥色，略微飽滿的圓臉，生著雙圓眼，有點塌的圓鼻頭下，雙唇抿得緊緊的。他穿著白布做成的馬褂，顯得稍微有點大的褲腿晃悠悠的扎眼。是個沒有左腿的孩子。

「啊，對，你好。」嵐三伸出手去。

少年像受了驚般，慌忙把自己的雙手在身上擦了擦，也伸了出來。是雙青筋凸起的手，少年的手臂竟像竹竿般細瘦。瘦得過分的身體和少年的圓臉完全不搭。

「我叫祁玉，我家就在阿寶叔家背後，其實我們都很久沒有見到外面的人來我們三角灣了。見到你們我太開心了！」少年有些激動的臉上微微發紅。

「謝謝祁玉。我姓嵐，他姓艾。」

「嵐先生，艾先生好！等你們有空啊，我可以帶你們去逛一下我們三角灣哦！別看我小，整個三角灣的每個地方我可熟溜了！」正當祁玉極力邀約我和嵐三去玩時，我們遇到了祁玉的娘。沒想到祁玉的娘正是圓石祭上那個對以我們冷眼的女人。

「下次再亂跑，信不信我把另一隻腿也給你打斷！」女人一邊怒斥著祁玉，一邊拉著他往回走。祁玉偷偷的做了個鬼臉。

總之，今天能遇見這個活潑的少年，倒沖淡了籠罩在我心頭的不適。

臨近正午的太陽，開始讓人流汗了。

我和嵐三在阿寶家用過午飯，吃飽喝足後人覺得倦懶起來。阿寶哥貼心的在小院裡給我們搬來了兩張藤編椅。眼皮雖然沉得很，但是無論怎麼疲憊，我就是睡不著。所以我乾脆扯下蒙在眼睛上的枕巾，就這樣半閉著眼算了。

「怎麼，睡不著了？」剛剛一直閉著眼的嵐三突然問道。

「你不是也沒睡著麼」，我當然知道嵐三這個人只要想睡覺，不管是在什麼地方，哪怕是在他面前放串鞭炮，他也照樣能不受任何干擾的進入夢鄉。只不過心裡也是充滿了疑惑吧。

我不知道身旁這位倚躺在椅子裡的人，心裡在想的是什麼。猜度人心本來就不是件有趣簡單的事。

我，就如嵐三譏誚過的那樣，有時很無趣，但我並非是個人情木訥的人。

我沒有社交恐懼症，沒有潛在的抑鬱症。

我只是習慣獨來獨往又安穩，不需要我分心，難得和外界交流並不就是說我是一個自閉起來在自己的世界裡只會寫那些怪誕離奇故事還自得其樂的怪人。人心人情啊，於我也不陌生。

每個人都有一張面孔，七竅全，心裡想的東西又能有多少不同呢？不管是看見遇上還是耳朵裡聽來的故事，人是都要繞進情欲之網的。人一旦有了強烈的欲望，情緒越強烈，心就越難以隱藏。

去解讀心的人，有時看看自己的心，有的也就解開了。不過厭煩的話，就待在一邊好了。想想若是沒有內心邊界，所有的人若是都開敞，直白的把自己展現出來，美感也就全無了。

我當然看不清嵐三，連他的影子也是讓人無法捉摸。所以解不開的時候，我就當他是個會用劍的風水師吧。

本以為我們會這樣在陽光底下打發我們的午後時間，一陣突如其來的喧鬧卻打破了這個寧靜的午後。

外面圍聚了不少村民。

「出什麼事了？」阿寶哥急忙從屋裡出來。

一個頭上繫著白色汗巾的男人，神色激動：「我看見有怪物進了老木匠家！」

「別著急，慢慢說。」阿寶哥讓情緒激動的男人先緩口氣再把具體的情況說出來。

「今天整個上午我都在田裡忙活，肚子早餓得不行了。這不我媳婦剛一叫我回家吃飯，我就匆忙著往回趕。你知道我家離我幹活兒的田很遠，因為只想著趕時間，所以今天我就抄了一條比較難走但近得多的小路。而那條小路正好要從老木匠家的土壩子邊穿過。

路過老木匠家邊的小水塘時，想著順便洗洗鋤頭，等會回家就可以直接吃飯不用再管它了。所以，我就在水塘邊停下來了，誰知道那個怪物的身影忽然出現在水面上！可嚇死我咯！」

「什麼樣的怪物？」

「就是一張白慘白慘的死人臉！頭上還長著兩隻尖角，像咱家的秤鉤那樣又彎又尖吶！長鼻尖，全身赤裸不說，它裸露著的下半身可長了。而且呀，這個怪物的速度特別快，我才轉過身去，它就嗖的一下往老木匠家竄去了。我當時也是被鬼迷了，居然跟著跑過去，最後只看到一條粗大的尾巴從老木匠家的後門縮了進去。媽呀，還好我沒出什麼事，否則留下我媳婦兒一個人怎麼辦咯……」

「你……你……說的可是真……的？你可別和我這個老頭子開玩笑啊！」老木匠聽到男人說有怪物竄進了他家，嚇得臉一下就白了。

「我根本沒發現有什麼東西進我家啊……」

不管是不是真的有東西進了老木匠家，但是聽男人的形容，那個長著死人臉的怪物那麼長，按說應該是個大物才是，又是怎麼進入老木匠家矮小的小屋裡的，速度還那麼快，不會碰頭的怪物難道會穿牆術不成……

「哼！信不信由你。」看到老頭質疑自己所見到的奇象，男人生氣的抱著手臂。

「其實……前幾天我也有看到類似的東西……」

一個小個子的大嬸怯怯的舉了舉手，「不過，我不是在老木匠家附近看到的，而是在……黃麻子家附近。」

「黃麻子有來嗎？」阿寶問道。

「黃麻子今天病了，沒出門，連他家種的果子都是我幫忙下的。」

「鄒大嬸，你確定和剛才朱二說的那個怪物是同一個嗎？」

「確定我倒不敢打包票，但是百分之七八十了，它的臉就和朱二說的一樣嘛，是張發白的死人臉，整個下半身特長。更奇怪的是，這個光溜溜的東西胸前有些密蜿蜒的紋路線和小點。我當時被嚇得全身不能動彈，等我回過神來時，那個東西就像一下蒸發了似的不見了。我也不知道給誰講，怕別人以為我腦子有病。我還一直安慰自己是我出現了幻覺，剛剛聽朱二這麼一說，我才開始覺得那天看到的東西哪裡是我的幻覺喲。」

老木匠一聽鄒大嬸的話，這下更是嚇得人都快軟了。

「大牛，你帶幾個強壯一點的人，抄上傢伙。我們先去老木匠家看看。」阿寶交待人群中那個大塊頭，我和嵐三也跟著他們一起去看看老木匠家是否有什麼異樣。

最後的結果是什麼也沒有發現，別說怪物，老木匠家連一隻螞蟻都沒有。

好不容易分散完聚在一起的村民，但是灣裡那股凝重起來的氣氛並沒有被疏散。

「阿寶哥，不介意的話，我冒昧問一下，那個生病沒來的黃麻子是不是也是今年圓石祭上分得紙人肢體的其中一個村民？」

「沒錯，老木匠也是。」

「嵐三，你該不會是懷疑這個突然出現的怪物和在圓石祭上分得紙人的人家有關吧？」我算是明白嵐三猜測的是什麼了——既然是如此湊巧先後出現在分得紙人肢體的村民家裡，那就不得不叫人自然想到這個怪物是不是沖著這幾家人來的。多個偶然相加，則成必然。

「只要接下來看這個怪物還會不會在剩下的幾家人周圍出現，就可以判斷它真正的目的到底是不是就是圓石祭上的這五家人。」

「嵐三先生，那接下來要怎麼做？原來我們三角灣可從未出現這樣的情況啊。」

「只能先靜觀其變了。」

面對這接二連三發生的怪事，我沒有絲毫頭緒。所有的線索都是斷斷續續的，根本連不起來，所以我們能做的，就只有等了。

當最後一絲光亮從天際剝落，消失在天邊，夜晚即將來臨。

三角灣開始亮起盞盞燈火。

我們將結束我們在這裡的又一天。讓人沒有預料到的是阿寶哥提過的那個「奇蹟」會跟著來得如此突然，讓人措手不及。

新一天的早晨，當我和嵐三以及阿寶哥坐在木桌上準備吃早飯時，昨天那個叫祁玉的少年跑了進來。

「阿寶叔，你看！」

「祁玉，你的腿……」阿寶吃驚得張開了嘴。

昨天還是晃悠悠的褲管，只有一隻右腿的少年今天忽然像沒事兒人般雙腿完好的站在我們的面前。

「啊，嵐先生和艾先生早上好！」祁玉看見我和嵐三也在，深深地鞠躬向我們問好。

「祁玉早啊。」倒是嵐三不像我那樣遲遲的沒緩過神來，自如的和眼前的少年打著招呼。

我呆呆的在桌前吃完了阿寶哥親手擀的麵條，激動的少年左一句右一句的講著他忽然長出來的左腿。

聽祁玉說，他的左腿是在他父親左腿受傷死去後不久斷的，和他父親一樣，都是被石頭砸斷。只不過他是在去山上採藥時不小心從山上滾下來。最後命是保住了，不過左腿也沒了。

「我娘啊，說這都是圓石神顯靈了！」

我本來還對之前把一塊石頭說得和真的神通一樣而半信半疑，這下算信服了。否則，一隻斷掉沒有的腿怎麼可能長出來，而且還是在一夜之間。

「小艾兄弟，這就是圓石神滿願的奇跡啊。」

難怪阿寶哥胸有成竹的一再堅持要我們留下來和他一起見證這確實是讓人覺得不可思議的奇跡。

「阿寶叔，我就先回去了，我娘說等會兒要先拜謝圓石神，請您一會兒也過去。嵐先生和艾先生請您們也來吧！」祁玉抓了塊碟子裡的鹹菜便蹦蹦跳跳著回去了。

「這孩子！不過還好現在的他又能健健康康的了，否則對一個才失去父親不久又是去左腿的十三歲少年來說，這太殘酷了。祁玉他娘，就是那個圓石祭上有點凶的張么姐啦，這下心願滿足也該放心了。別看他娘只是個女人，但是比我們一些大男人還堅強得多。祁玉斷腿的時候，這眼淚都沒流，當時還有人說她狠心的，看來也不過是面冷心熱。到底天底下的父母哪有不疼自己子女的啊！」

「祁玉腿斷的那天和他爹逝世的時間間隔有多久？」

「應該只有一兩天的樣子吧。具體的我也不是很清楚。怎麼了，嵐先生，這有什麼問題嗎？」

「沒有，只是順便問問。」

「那行，我先去準備張么姐拜謝圓石神的儀式，你和小艾兄弟先吃完早飯，等會和上次一樣，就在這個小院子外的泥壩子上等我就行了。」

阿寶哥隨口扒拉了幾口麵，喝了幾口湯就放下筷子出去了。

「艾言寧，你說昨天那個怪物下一個目標會不會是祁玉家？」

「我怎麼知道。」我一邊吃著麵，一邊含糊不清的咕噥著。不過如果怪物的出現真是對著這吳家人而來的話，它去祁玉家不過只是時間早晚問題。

小院的土壩地上和上次一樣支上了五六根長長的竹竿，黑色的紗布圈出一大塊空間。線香被插在切掉一半的大白蘿蔔上，十三支紅燭被分為四四二三四組分別插在地面的四角方位。和上次不同的是，沒有了坐在竹轎上的紙人。當然也不需要有其他人抬著轎子來回轉圈了。

「這個拜謝圓石神的儀式就簡單得多了，不需要其他人的參與。只要拜謝者和得以滿願的『承願品』就行了。」阿寶哥小心翼翼的把那塊青圓石放在四方插有紅燭的土壩中間。

青圓石上綁著的紅線在它湖綠色的石面上，顯得特別刺眼，總覺得像是隨時都要滲出血來的傷痕。

「怎麼又開裂了？」阿寶哥撿起碎掉的圓石片，還真是薄脆的一層殼。

「給我看看。」阿寶哥把圓石的碎殼片兒遞給了嵐三，仔細看這碎片兒，細薄得真像酥餅分層的餅皮。而且碎片裡面也是一層綠，這塊圓石的綠看來是由裡到外的綠啊。開裂的圓石側邊露出蜂窩狀的內裡。

「寶哥，怎麼這兩個外來人也在這裡？」一個非常不滿的聲音傳來。祁玉的娘對我和嵐三的出現抱有莫名其妙的敵意，她扳起冷面，身後跟著的是裸著上半身的祁玉。

「張么姐，別介意，嵐先生和小艾兄弟只是來看看。況且今天是謝神儀式，你看祁玉的腿不是好了嘛，是個值得高興的日子啊！」

「對啊，娘，是我邀請嵐先生和艾先生來的，您別生氣嘛！」

「沒事，阿寶哥。」

阿寶哥忙拉著我們到一邊，「兩位見諒，張么姐那個人啊脾氣就這樣。」

「你們就在這裡看就行了，儀式馬上就要開始了。」阿寶哥把我們帶到地壩邊上後就帶著祁玉坐到圓石面前。他清了清喉嚨。

「儀式開始。」伴隨著阿寶哥的聲音，祁玉閉上了眼睛。

拿著裝有小銅錢碗的張么姐，叩拜著到圓石面前。她先是解開了纏繞在圓石的一根紅線，然後把碗裡的銅錢用紅線串在一起，把它們掛在祁玉的脖子上。

張么姐的嘴上下開合著，吐出陌生的曲調，雖然沒有清晰的字詞，但是卻能讓人感覺到是源於某種神祕的儀式裡才有的曲調。

阿寶哥遞上之前張么姐分得的紙人左腿，她捲起紙人的腿把它燒成灰放進碗裡。接著竟然用小刀在祁玉的左腿上劃開一道口子，接了祁玉血的符紙，一下軟化成泛黑的血水。而中途的祁玉仍一動不動。

儘管腿還在流血，但他也只是皺了皺眉頭。

張么姐把摻了紙灰和血的小碗端起來，跪坐在圓石面前，靜默祝禱了近一刻鐘的時間後把碗裡的血緩緩傾倒在了圓石上。

湖綠的石頭此刻就像一顆有生命的棉球，血水剛接觸石面就被吸納得乾乾淨淨。吸完血後的圓石，綠瑩瑩的，發出淡淡的螢光。我看得目瞪口呆。

「艾言寧，小心！」嵐三急促的一把把我拉開，一個龐大的身影倏地一下不見了。什麼東西？速度快得如此驚人，我還驚魂未定的喘著氣，那個消失的影子又出現在了張么姐身後。

我驚恐的看著那個巨大的東西一掌拍掉了張么姐的頭顱！鮮血噴濺在已經嚇得完全癱倒在地的少年身上，又沾上鮮血的青圓石，此刻像進食的動物般迅速的吸乾血液。

「阿寶哥，快躲開！」嵐三奔向祁玉，好在那個東西並沒有繼續攻擊已經嚇癱在地的祁玉，我看見它的頭咯咯的轉了過來……那是張面無表情，異常慘白的臉！一張只有死人才有的臉！

它光著的上半身，佈滿了密麻的紋路和不規則的小點。

然後，它消失了，憑空出現後又憑空消失了。

「祁玉！祁玉！」我和阿寶忙扶起嚇呆的少年，他失神的雙眼空洞洞的望著他娘的頭顱，一直嘶嘶作響的喉嚨終於撕裂阻礙，扯出了悲慟的尖叫。

本是讓人高興的謝神儀式變成了一場悲劇的祭祀。

那個怪物果然是沖著圓石祭上的這幾家人來的。但是為什麼在前面兩家人時，它只是「出現」，並沒有其他舉動，而到了這裡，卻以如此血腥殘暴的方式拍掉了張么姐的腦袋？還有那塊邪乎的石頭，它的力量真的只是那麼簡單？這個怪物的出現是不是和這塊石頭也有關係？

「還沒醒嗎？」阿寶哥拍了拍出神的我，關切的看著躺在床上的少年——嘴唇青黑、雙眼緊閉的祁玉。

「受驚過度，三魂七魄中一魂一魄都受損，所以遲遲醒不來。」嵐三唰唰的在紙上寫著什麼。

「阿寶哥，麻煩你去找這幾樣東西來，」嵐三把寫好的紙遞給了阿寶。

「要血糯米，木屑，草灰水這些倒是沒問題，不過祁玉的生辰八字帖我就盡力去他家試試看能不能找到。」

「越快越好。」

阿寶哥收好嵐三給他的紙方後出門了。

「嵐三，你這要阿寶哥找的這些奇怪的東西是救祁玉的？」

「鎮魂方，是特別用來安魂撫魂的方子。祁玉受的刺激太大，不過……」

「就別賣關子了。」

「如果只是單純的受刺激，頂多只會魂魄出竅，這種情況只要把離體的魂魄召回來就可以了。但是並不會出現祁玉這種魂魄明顯是受損的情況。這倒像是有一股奇怪的力量介入造成的靈損傷。但是現在我還不清楚損傷來源，所以只是先讓阿寶按照我開的鎮魂方，找到藥引，先安魂。以確保在我找到解決辦法前，保住祁玉的魂魄。沒有本體的壓制，這些魂魄會亂套。」

「那到底是什麼怪物？」

「無心魔。」

「就是那個張著一張死人臉的怪物？」我有些詫異那個怪異得讓人反胃的東西居然有這樣一個名字。

「你看到它身上那些蜿蜒迴轉的紋路和小點了吧。」

「那是什麼？」

「無心。」

「哼，沒看出來。」

「不是讓你看它的心，那些紋路小點所組成的其實就是一個個『心』字。」

「你這樣一說，好像真有點像那個形狀了。」我努力回憶著怪物裸露的上半身，不過想到那個有著一張人臉的怪物，身上印滿了大大小小的『心』字，我的胃一陣反酸。

真是讓人不適的惡趣味……

「無心魔，身長，速疾，為人臉，由僧侶化作。傳說無心魔本是寺院裡兼保管藏書之職的和尚，後來因粗心弄丟寺中珍貴藏書而讓全寺院的人受以牽連——獲刑入獄，斬首為罰。

其師父在死前責他為無心，後成刀下魂。而這個和尚則被處以掏心之刑。

所以無心魔才有一張死人臉。而它身上密佈的『心』字除了印示「無心」這個罪稱，而且在它身上的每個心字裡面都有一顆心臟。」

「你的意思是說，在它體內還有無數顆心臟……？」

「沒錯，無心魔以奪取人的心臟為活，每奪一顆便將其放入體內。傳說中無心魔只有找到合適的心臟才能脫離『入魔道』。至於什麼才是它找尋的合適心臟，沒人知道。但起碼現在我們可以肯定的是這個無心魔還沒有找到。」

「可是，它並沒有奪人心臟啊。」

「這也是讓我費解的問題。無心魔雖身長，體形龐大，但它的速度卻快得驚人。它長著的尾巴其實也是幫助無心魔取人心的武器。而且無心魔雖然是個讓人恐懼的存在，但是它一般只出現在寺院、廟宇附近。它本來就是一種年代久遠的妖怪，現在幾乎是很難見其蹤影的。和我們剛才在這裡遇見的有些不一樣。它好像別有目的，或者是被受於操縱。」

如果是被受操縱，那可以操縱無心魔的力量和那股一直跟著我們的力量會是同樣的麼？我想起了從我遭遇枕靈到後面連續發生的幾起怪奇事件。

「那塊圓石呢？」

「絕非善物。」

「但它確實幫祁玉恢復了腿啊。」

「天下沒有白吃的午餐。代價是維繫平衡的必需品。一方的願望實現，另一方必有折損。遞增伴遞減而行，只是人往往只願意看到表面上無償的收穫，額外得來的贈予。對於得後的捨失總是忽略。雖然暫時我還不知道那塊圓石到底屬於哪種物靈，它的來歷，但是它消融和某種程度上可以幫助實現願望的能力都意味著它的非同尋常。」

「你的那些古書上難道都沒有類似的記載？」

「幾卷竹簡、羊皮怎麼可能將這所有的怪奇飽納其中。我們所生活的這個空間遠遠渺茫於整個存在著的空間。那塊圓石，外殼薄脆，色厲豔而冶人，石內密孔如巢窩，是兇險之器。其湖綠色澤隨祭獻給它的貢品數目的增長而愈為鮮亮。」

「那它剛剛已經開始有了一層光暈……」那是不是意味著它的力量已經蓄積得足夠了？

「我們應該告訴阿寶哥，提醒他讓他遠離那塊危險的石頭才對！」

找齊嵐三鎮魂方所需引子的阿寶哥，聽完我們的誡告後陷入了沉默。

太陽遁入雲層，鉛灰塊狀的陰雲給這塊天抹上灰白的沙粉。

公雞的打鳴聲成了唯一的孤獨聲響。

「這也難怪。」一直默默沒有說話的阿寶哥開口了。

「其實我從一開始就不相信這塊圓石像救世的神那樣可以幫助苦難的人求得一個可以實現的願望。」

從蒙著塑膠薄膜的窗戶透進來的光，打在阿寶哥憔悴的臉上，投下了淡淡的陰影。

「或許我就是這樣一個生活在這個沒有和外界過多接觸的三角灣裡卻仍舊還有一股不安於安

穩現狀的不老實的人吧。」阿寶哥望著小門外的天，像是回憶版自言自語。

「我們打從一出生到老都生活子啊這個三角灣裡，這裡的人很少和外界接觸。我們自己種田，女人織衣……我們靠腳下的這些田，這些樹，這塊地養活我們自己。

當然，也有一小部分人，像我這樣的人總想去看看外面世界的，大家都抱著想要改變這個地方的想法，想去見識三角灣以外的地方。我們從外面帶回來新的東西。

可是到了後面，我們才發現，自己想要改變這個地方的想法只能是妄想，就像丟進石頭的沼澤坑，只有石頭接觸沼澤的那一刻才能激起泥點，但是隨後石頭會立刻被沼澤吞沒。

更何況是力量單薄的我們，連一塊石頭也算不上。

剩下的只能是被吞掉。

這個灣裡的人，我們的父輩們不知道為什麼一直崇信著那塊石頭，一代傳一代的到了我們這代，都仍舊還保留著對那塊石頭的祭祀活動。他們叫它『圓石神』。說是圓石神可以幫助人實現願望的說法也是後來突然出現。最初大家可是都對那塊石頭只有畏懼啊，那塊可以把放在它上面的東西都消融掉的怪物明明給人帶來的只有恐慌、害怕，忌憚！

不知道什麼時候起，它成了『神』——一塊又可以滿足人願望的『神石』。但是要實現願望，還要符合那些什麼亂七八糟的節氣，它所要的還有人命。

就算它真的可以幫助人實現願望又怎樣？用另一條生命換取的願望只是一個血淋淋的代價！

也許是覺察到我對它的怨念吧，所以我的父親才會在那次事故中喪了命，它不過是以這樣的方式來威嚇我，什麼當年沒有滿足圓石祭要求而引起的災禍，它不過是以這樣的方式來警告所有像我這樣的人！」

阿寶哥激動得聲音顫抖起來，但隨即又像洩氣般無力地收回瞭望向遠方的目光。

「但是，它到底是成功了。沒有人再敢質疑它的力量，就連我也完全相信了它可以實現人願望、也可以帶來災禍的力量……我成了被它震懾，屈服於它，幫助繼續舉行圓石祭的推行者……」

「所以，每年死去的無辜的人就是圓石的活祭品吧。」

嵐三望著阿寶哥低下去的頭。

「你說哪有可能每年都趕巧死在那些時間的人。」阿寶哥滿臉無奈，而且還正好都死於和紙紮人不同部位相關的疾病災禍，想想也是難以實現的。

「一開始的時候，說來也怪，以那樣方式受傷又死去也有，但是到了後來就漸漸的不再有符合圓石祭要求又自然死去的人了。我們本以為就算滿足不了，乾脆就不要實現願望的機會罷了。但是沒想到的是，伴隨而來的災禍卻沒有甘休。」

我聽得一身冷汗。

擺脫不了的噩夢，就和那些靠養小鬼來得到富足的人一樣，只要約定好的貢品不間斷，當然有享不盡的財富和源源不斷的好運，但是一旦中斷，伴隨而來的卻也是無盡災難。

一條無法回頭的路，回頭即是深淵。

而且按照阿寶哥不自然的說話內容看，難道……一個更為可怕的想法出現在我腦海裡。

「所以說，你們開始製造符合圓石祭要求的死亡。」嵐三替我丟出了我心裡的猜測。

「嗯，這註定是場無法休止的獻祭，只有不斷累積死亡的獻祭。我們何嘗不是早已經變成了魔鬼？」

「那今年圓石祭所需的五條人命……」

「也是我們決定，按順序來結束。」

原本以為我所聽見的聲音裡，那些悲戚慘烈的故事也好，殘忍罪惡的故事也罷，已經讓我對周遭這個以這樣法則潛存運行的世界習以為常。但是親耳聽見不是那只雙邪耳聽來的故事而是親耳聽見一個活生生的人的講述，親眼看見這樣一場殘忍的獻祭，竟讓我心裡久久難以平復。

「那做出犧牲的人將得到圓石可以滿足人願，以紙紮人作為力量載體的一部分作為補償。但是絕不能允許復甦『祭品』這樣危險的願望，否則就會有被降責懲罰的可能。

也許祁玉他娘許下的願望除了恢復祁玉的腿還有超出的部分吧。」

「可是那個怪物最開始出現的時候不是什麼也沒做，單單出現在附近。如果說前面的出現只是為了威嚇或者是一種提醒，那為何這次起了變化？那圓石祭中剩下的兩家人豈不是處於危險的狀態？」

「我也擔心這件事。」

「阿寶哥，你先把圓石放置好，現在天也黑了，你明天再去看看那剩下的兩家人。剩下的我們走一步是一步吧。」

阿寶哥點點頭。

疲累了一天，現在的我什麼也不想做，不想動。沒有星月光的夜晚黑黢黢的，我們三個人早早洗漱完畢後，打算休息了。

即便是疲累到了極點，但是入夢後的我卻睡得並不安穩和香甜。

夜半，我被一陣尿意憋醒。我們所住的房間沒有單獨的廁所，連便桶也沒有。阿寶哥家的廁所在小院屋後的小棚裡，說是茅廁還不如說是一個用木板圍起來的簡陋便池。

湊合著解決倒也沒什麼問題。

方便完回屋的途中，我繞過阿寶哥的房間往自己的房間走去，忽然，響起「滋啦」的聲音，我的瞌睡頓時醒了大半。

什麼聲音？細微的滋啦聲好像有節奏的拍子，規律的一下接一下，像是什麼東西開裂了。

還是看看吧？我一邊說服著自己，既然醒了瞌睡，再睡也睡不著，還是乾脆看個究竟。而且嵐三還在這裡，應該不會出現什麼問題。我跟著那滋啦得更加頻繁的聲音往前走。

直到聲音在一個小壁龕面前停了下來。

起夜時開的暗紅色夜燈，拖著黑糊糊的影子，往裡鑿進的牆壁裡放著一座小壁龕。平時放在這個牆角倒是讓人難以注意。

「喫吱，喫吱……」，聲音就是從壁龕裡傳出來的。

我深深吸了一口氣，輕輕拉開壁龕的開合小門。

放在裡面的是那塊青石。它發著亮綠色的螢光，石頭正往下掉落著一層層的殼兒，那喫吱的聲音就是它掉殼的聲音。

「唠吱、唠吱……」

我站在它的面前，整個身體彷彿被這聲音給牢牢的吸引住了，全身動彈不得。

那正閃著熒熒綠光的圓石，好像顏色比之前的更亮，是種妖冶的綠。莫名其妙的感覺急嗖嗖的竄起來，這塊石頭則因為我的注視，綠光更盛。外殼脫落的速度也加快起來。我忽然萌生想去觸摸那石面的想法。

剛剛還動不了的身體此刻像得了指令般，往前走近石頭。果然，離圓石越靠近，那綠光就又亮一層。但是整個房間裡卻並沒有被這大放的光給照亮。

手，就這樣輕輕的覆在了石面上……

剛剛還妖冶的綠光轉瞬變成了鮮豔的亮光血紅！

身體裡湧起急速的氣流正從石頭裡拉扯出白色的絲狀物來——奇怪的眩暈，奇怪的片段。

奇怪的黑暗……

一片黏糊糊稠嗒嗒的黑暗……

長長的鎖鏈盡頭，有個男人，被鎖鏈穿透肢骨。扭成一團的頭髮遮住了大半張臉。他的胸口處開了個碗大的洞，身上佈滿了形狀可怖的傷口，像塊毫無生命的破布。

「艾言寧……」

是這個男人在叫我？微弱的聲音在整片整片的黑暗裡，發出回音。空洞得如幻不實，他認識我嗎？

他的頭動了。

耷拉的頭艱難的用著力，一點一點的，抬了起來。
我看見的，只有那雙眼睛。
是兩個黑漆的洞……
我睜開了眼，我還仍舊站在那塊圓石面前。手所覆著的地方依然是那塊圓石。但是圓石並沒有什麼光，只有手下傳來的冰涼觸感還是真切實在的。
剛才看到的一切好像只是我的一場幻覺。
那個男人是誰？是被囚禁在那裡的嗎？他為什麼會叫出我的名字？我無法說清那種怪異的感覺，讓人全身都說不出來的不適。
我無法忘記那個男人眼窩裡兩個空蕩的黑洞，還有開洞的胸口……是幻覺嗎？
我回到房間躺下，那個全身佈滿傷痕的男人一直在我眼前浮現。他被頭髮遮住沒有眼睛的臉會是怎樣一張臉呢……
睡在床上的嵐三，安靜得想塊石頭。看來睡得很沉吧。我側身，裹住棉被，把頭埋進被窩裡等待天亮。
「小艾兄弟，昨晚沒睡好嗎？」阿寶哥關切的問道。
「可能水喝多了，昨晚起夜後就幾乎沒睡著了。」我都感覺到自己一說話就會牽扯到僵硬的眼部肌肉。估計眼袋腫得夠大了吧。
「嵐三呢？」我這才注意到早該回來的人，到了現在都還沒見蹤影。

「嵐先生說有事先出去了。他還特意讓我告訴你讓你不用等他，他要很晚才會回來。」

「沒說是因為具體的什麼事嗎？」

「沒有。不過應該是和圓石有關的事吧。嵐三先生還特地向我借了那塊圓石。」

會不會去了那個無人墳？

「小艾兄弟，要是你沒什麼事的話，倒是可以和我去圓石祭上剩下的那兩家人瞧瞧。」

用過嵐三鎮魂方後的祁玉，臉上有了些許血色，呼吸也平穩了下來。只是人還沒醒。如果等他醒來，記起那殘忍的一幕，不知道這個少年還能不能支撐得下去。

阿寶哥有些痛惜的為祁玉小心翼翼掖好被子。

「走吧。」

我們關好門後，往丁力和朱福家走去。

一路上整個三角灣就和我和嵐三才來到這裡時候的情景一樣，所有的人都像不見了似的。每家人的門都全部緊緊的關著，連之前悠閒啄食的母雞，來回跑動的黃狗也不見蹤影。

「到底是怕了吧。」阿寶哥歎了口氣。

「從用人命祭祀圓石神起，這裡的人都變得各自疏離了，我們信它，但更多的還是害怕吧。而且到底又有誰願意面對用自家人的性命去換取圓石神願望的其他人，不管是不是出於無奈。」

我想忽然出現的無心魔和祁玉娘的死亡也讓這個三角灣蒙上了讓人更加恐懼的陰影吧。

所以除了我、嵐三、阿寶哥和其他幾個願意前來幫忙的村民外，根本再沒有人前來幫忙安葬祁玉他娘。

他們所能做的不過也只有緊閉房門，就像只要緊緊關上通往外面的門就能澈底避開外面的危險一樣。

我們還沒靠近兩家房門，空氣裡還未散去的血腥氣就已經暗示了又一場悲劇的發生。

「丁力！米福！」阿寶用力拍著兩家的門，但是無論我們怎樣敲，都沒有人應答。

門上還倒貼著的「福」字倏地滑落。

「我們農家小院的後門一般都是插銷的，我們試試合力撞開後門！」

木板做的小門上馬馬虎虎的開了個洞，一條生銹的鐵栓鬆鬆垮垮的垂吊著。

我和阿寶哥往後退了退，一起用力撞了過去。

幸好門板並不結實。

被撞開的門裡，濃郁的腥味撲面而來。丁力已經僵直了的屍體像具壞掉的娃娃被隨意的丟在地上。

他瞪圓的雙眼，扭曲而痛苦。

在他的胸口處，心臟不翼而飛——那個怪物下手了，它挖走了丁力的心臟。

朱福也是。

頭幾次出現的無心魔就像徘徊的獵手，就算是第三次卻也只是拍掉了張么姐的頭顱，直到最後才帶走了它所需要的心臟。

非常不對勁。無心魔出現的目的如嵐三所說的那樣非常不對勁。前幾次的無心魔更像是忽然加入進來的一個偶然，一顆棋子，它並沒有攻擊或是帶走心臟，直到最後什麼失控了。它挖走了丁力和朱福的心臟。

那些緊閉著大門的小屋窗戶雖然都被塑膠薄膜封得嚴實無比，但我能感受到目光，是經過每一戶人家，從裡面投來的目光。

都是兩個跑了媳婦兒的大老爺們，丁力本來還有唯一留下的一個兒子，朱福也有和他相依為命的老爹，但是今年他們都成了圓石祭的活祭品，所以兩人也是孤家寡人了。我和阿寶哥忙活了大半個上午才處理好了丁力和朱福的屍體。

「我們三角灣這是造了孽啊，是報應啊……」阿寶哥無力的搖了搖頭。

「對，阿寶哥，我打聽一件事。」

「但說無妨」。

「你們三角灣死於圓石祭的人是埋葬在一起的嗎？還是說會有一個特定的地方來……」我還記得嵐三說過不要輕易的把我們發現那些埋有圓石祭人屍體異樣的事告訴阿寶哥，所以我並沒有直接問他那些墳的問題。

「有倒是有這樣一個地方。我們這裡的人把這個埋有所有圓石祭中死去的人的地方稱為『生地』，是我們三角灣另一處墳地。」

「有什麼講究或者說是不同的地方嗎？」

「不過是片密密麻麻的墳場罷了。」

「那為何取『生地』這樣奇怪的名字啊？」

「也許是出於大家心裡愧疚負罪的期望吧，對於那些死於圓石祭，其實更應該說是死於我們這些兇手之手，是我們把他們推上了死亡之路。所以我們給那個地方取名『生地』，是希望他們可以在另外一個世界重生。以死換生，死舍生取吧。這樣的方式雖然多少有點自欺欺人，但能讓我們更心安一點……」

「那那塊『生地』發生過什麼奇怪的事嗎？」

「只是塊普通的埋屍體的地方，要說奇怪的事也沒有，不過最近我們發現那塊墳地的土變得黑了，用手去摸，還能發現土都是黏糊黏糊的。而且那些墳邊原來由我們栽種的樹木全都死了，現在連根野草都見不著。成了塊沒有的墳地。

小艾兄弟，怎麼對這塊『生地』這麼感興趣？」

「也許是跟著嵐三久了，習慣什麼都要問問，還真是不好意思啊。」

「哪裡哪裡，嵐三先生啊，可是一個非常值得人信賴和尊敬的好人！」

果然一提到嵐三，阿寶哥就停不下來，所以也沒有再細問我。

不知道消失了大半天的嵐三到底去了哪兒，但是正如他推測的那樣，無心魔的目標就是那五家人。

回到阿寶家，嵐三還沒回來。

天也已經暗了下來，外面開始刮起大風，呼啦啦的作響。

「要下雨了！」阿寶哥連忙把曬在地壩裡的菜乾收了進來，我則幫忙著收晾在竹竿上的衣服。

越刮越大的風，在整個灣裡獵獵作響。樹木們也被吹得不停打顫，踉踉蹌蹌的像喝得酩酊大醉的酒鬼。

天邊急速劃過一道閃電，隨即便是一聲炸雷。

「快進屋吧。」阿寶哥端著最後一盤菜乾關上了門。

不過一會兒的功夫，傾盆大雨就到了。夾雜著轟隆的雷聲，真是一場聲勢浩大的雷雨。

「嵐先生還沒回來，這麼大的雨怎麼辦呀！」阿寶哥望著窗外下得越來越猛烈的雨。

對於這個可以像變魔術般抽出長劍，劃開空間取出玉枕的風水師嵐三來說，我絲毫不懷疑他也可以掏出一把雨傘或是找到避雨的方法。

我當然不擔心。倒是阿寶哥閒不下來，去灶房先煮了一鍋薑湯。

「小艾兄弟，你也喝一碗吧。這風大雨也大的，喝點薑湯暖暖。」阿寶哥先給我端上薑湯後，然後也坐了下來。

我輕輕的啜了一口，濃郁的薑香帶著甘辣的刺激，一碗下肚後，全身暖和了不少。

那個壁龕面前仍然點著香，奉著果品。

昨晚似真似幻的記憶仍然讓我覺得不真切，那顆發光的圓石、圓石殼掉落的聲音，從圓石裡抽離出來的絲狀的東西。還有那個沒有眼睛，彷彿在無邊黑暗裡受著折磨的男人⋯⋯

「青圓石就是一直放在那兒的。」見我一直盯著放青圓石的壁龕出神，阿寶哥說道。

「每年的祭祀儀式前後，圓石都放在阿寶哥這兒嗎？」

「對，我家祖輩都是圓石的代管者，到了我這一代，我自然也得擔起責任。雖然很多時候，它總讓我有種強烈的壓迫感。就像……就像有人一直盯著你的那種……」

昨天晚上，我不也是因為這種感覺所以才會想要去看個究竟麼。

「而且，小艾兄弟你不要覺得我有病，我覺得……它是個有生命的活物，可以發聲的活物……」

「可以發聲？」難道阿寶哥也聽見了那些聲音？

「咿吱咿吱的響，滲人啊！」

「除此之外沒有發生其他奇怪的事了嗎？」

「不知道是不是因為圓石的緣故，我的腦子裡偶爾會有一些陌生的光啊亮啥的閃過去，我還以為是我的幻覺嘞，但有時它又發出真切的聲音來，一句話，或者是一個簡單的詞語，就像被打斷的交談。而且啊，我還發覺有時連一些細微的想法，它好像都能幫我實現。」阿寶哥看出了我的疑惑，繼續說道，「我曾經生過一場很重的病，當時以為要見閻王爺了，當時我父親還在，他曾經為了我在那塊圓石面前幾乎不休不眠的祈願了好幾天。我當時勸過父親讓他放棄。

本以為是毫無希望，誰知道一直焦慮的父親在第六天忽然高興的告訴我，說我有救了。後來還見他拿了張紙條樣的東西燒給了圓石。說來也奇怪，我的病最後真的痊癒了。

後來父親去世後，剩我一個人。有時憶起父親，我也試著有向圓石不停祈願，哪怕只是一場夢，能再見父親也好啊。結果我真在夢裡見到了父親。而且是心中願望越強烈，我感覺父親出現在夢中的時候就越多。

但是我也並沒有常以此立願。

因為我知道它所需要的代價是常人難以承受的……」

也許是想到了接連發生的慘劇吧，阿寶哥並沒有再往下說下去。

風雨沒有消停的跡象。

一道閃電過後又是一聲雷響。

「砰砰砰」的敲門聲差點兒就被雷聲淹沒，我忙起身開門。

門外，正是一身濕透的嵐三。

「還真成落湯雞了？」

「你以為我這能隨時隨意劃開空間，只為找一把傘麼？」像是瞧出了我的想法似的，嵐三轉身把手中的小包放下。包倒沒濕。

「嵐先生，你快去換身衣服吧，我去給你熱碗薑湯，這個天氣倒春寒，一下雨就冷得不行。」阿寶哥忙著去灶房生火去了。

「有什麼收穫？」

「喏，都在那個小包裡。」嵐三一邊換下濕透的衣裳，一邊又翻出一件黑色的外套來。

這傢伙是黑色做的嗎？衣服的顏色簡直比我還無聊。

「還是那個瓶子……」打開小包，裡面放的是嵐三在那座無人墳裡挖出來的蓮花琉璃瓶……欸，這是？」

「這些白色的絲狀物是什麼？」和從圓石裡拉扯出來的東西很像。瓶子裡的綠點是更多了吧，蓮花瓣的地方甚至出現了一整塊的綠色碎片，也都發著星點熒綠的光。

「魂絲，從人體剝離出來的魂絲。」

「從哪兒得來的？」

「我們上次去的那片墳地。」

「是阿寶哥說的『生地』吧。」我把阿寶哥告訴我和『生地』相關的資訊大致說了一遍。

「上次我們去的時候，我不是說過那片墳是塊沒有生命的死地麼。今天我去的時候，我就是在那裡發現了這個。」嵐三扣了扣瓶子裡那些絲狀物，繼續說道。

「這些傢伙全晃悠悠的從墳裡長了出來。」

「那些人不是都死了嗎，魂絲還可以單獨存活？」

「人從出生到死亡，魂絲就一直存在著。它寄附在每個人的體內，所記錄的皆是人，生之片段。當然人活得越久，魂絲自然就更長。它雖不會因為人的死亡，肉身的腐爛而消失，而且啊這魂絲本身就是個及其特殊的東西——飄搖難定，常因宿主的死亡而散落，而且也是尋常器物不能盛放的。且它一旦斷裂，這魂絲也就沒了。

像今天這樣從墳裡長出來的魂絲倒幫我省去尋找的功夫。」

「那這只琉璃瓶就是用來盛放魂絲的容器？」

「準確說，它是特地為魂絲而存在的盛魂器。」

「你什麼時候發現它可以盛放魂絲的？」

「才從無人墳裡挖到這只瓶子的時候，我也並不知道它的用處，但是當圓石碎粒兒，碎片出現在瓶子裡的時候，我開始有了想法。」

「難道說它和圓石間也存在存集的關係？」

「快接近了。當時我和你想的一樣，直到昨晚的事讓我確信這只琉璃瓶其實是只盛魂器的事實，這，我得感謝你了。」

「我？」

「昨晚你不是起夜了麼?你所遇見的事我都看見了。」

「你不是睡得正香嗎？」

「當然是因為這雙眼睛了。自從進了這個地方，我的眼睛總出現一些奇怪的東西，尤其是在靠近圓石和無人墳後。」

「那從那塊圓石裡抽離出來的應該也是魂絲？」

「沒錯。那些從圓石分離出來的魂絲在離開你體內後，自己就出現在了這只瓶子裡。我想著這瓶子應該是盛魂器沒錯，所以今天抱著試試的心態去阿寶說的生地，看能否有幸找到新的魂絲。好在有了這只容器，那些像水草般的魂絲全都跑這裡來了。」

「那魂絲可以打開嗎，比如像打開記憶的那種?」我想到了我看到的那些不屬於我記憶的畫面。

「只要把魂絲重新植入新的人體內。」那我看到的那些記憶片段會是誰的呢?圓石的嗎?

「那我就想不通了，難道圓石也有魂絲?否則為什麼是從它裡面抽離出來的魂絲進入了我的體內?」還是說圓石也能存放魂絲?但是嵐三又說只有琉璃瓶才是盛放的容器啊。

「這塊圓石本就不是尋常的東西，即便有魂絲也不稀奇。」嵐三的眉間浮現出讓我捉摸不透的情緒。

我怎麼覺得他有點怪怪的。

「嵐先生，快出來喝碗薑湯吧！」

屋外的阿寶哥開始招呼嵐三。

外面的雨依舊傾瀉入注，我蒙著頭窩在被子裡，心中的疑惑像越滾越大的雪球。

「艾同學。」嵐三戳了戳把自己裹在被子裡的我。

「挺屍啊。」

「我還詐屍哩！」我一下從床上坐了起來。

「你聽說過言靈嗎？」

「沒有。」不知道嵐三為何突然換了個話題。

「言靈，是依附語言存在的一種靈。語言是種詭譎的存在，人與人之間本來只是一個個單獨的個體，一座座分立的獨木橋。沒有語言的空間即便有聲響，但始終是雜亂無章。

直到語言的出現，這種被打磨成可以進行一部分共同體交流的方式的出現，就像是成了連接兩座獨木橋間的河，它被賦有了從交流這項基本能力後的其他附加力量。歌唱、祝禱、吟誦……有了情感分類的自言自語，祝福，詛咒。

很多地方的人會通過其他媒介，比如水來獲得這種語言之力。不論是符紙上的咒文後所念的咒語、字訣。或是紮好的人頭偶，紙紮人後的心中所願……不過皆是因為人們心中或多或少有著對語言這種力量的信任、渴求。

言靈就是依附於這種信念而生。

力量強大的言靈甚至可以通過祈願者的一杯水就能發揮力量。」

「就像不管是你之前提到的有求必應石或是這塊可以遂人心願的圓石，應該也是基於類似的原理吧。」

「我不相信所謂的心誠則靈，更多的時候倒可以說是執著，執念催化的結果。不過萬物有靈倒為真。事必有因，因定結果。」

……

我不禁想到我和嵐三的結識，又是出於何因呢？

雨打在塑膠薄膜上，劈啪劈啪的。

急唰唰的雨聲，把夜幕撕開了無數道口子。

沒想到，這會是我在這度過的最後一晚。

睡夢中的我，感到一陣顛簸……

像是負重的喘息聲……

我的身體跟著起伏，後背空蕩蕩的……

我打開眼皮……這……

四周是一片濃稠的黑。

我不是睡在阿寶哥家的床上嗎？而且外面還下著雨的。身體又是一傾，我這才注意到我正在人的背上，而背著我的居然是嵐三……

嵐三?!我剛想問他怎麼回事，可是我卻發現我根本無法出聲。全身絲毫沒有知覺，動彈不了了。

是我的夢還是在哪裡？

眼前的一切讓我澈底懵了。

我只能任由嵐三背著我往黑暗中走去。從四面八方湧過來的濕黏的黑色像冰冷的軟體動物。

前方開始有了點點光。

我看見了碎石般的星，還有一輪模糊的月。

水觸河岸的拍打聲也響了起來，是沙地……

這條小路不就是我們在白樂鎮的水鏡裡所走過的那條路嗎？像是聽到了回憶般，氤氳的水霧從河面上慢慢氤氳彌漫。

嵐三一腳踏進了河裡，越往裡走，水越深。直到河水灌進了我們的嘴裡，嵐三也沒有要停下來的跡象。

不能動彈的我只能任這冰涼的水把我們倆淹沒。

被奪走呼吸的灼熱感讓我大腦一片空白，我的雙眼逐漸模糊黑了下來……

再睜開眼時，出現在我們面前的變成了一片樹林——一邊蔥蘢森鬱，一邊枝葉凋零，位於正中的那棵結著紅果，樹根盤結不斷蜿蜒前伸的不是逆木樹麼？還有這條狹窄小路，斑駁剝落紅色顏料的牌匾，以及那如墳墓般黑壓壓的小樓……所有的這一切回憶就像被放大的照片，清晰的呈現在我的面前。

而嵐三依然只是低著頭背著我往前走去。

走過那片坍塌的廢墟，甚至是從身邊開過的火車，幽長的隧道盡頭，圓圓的出口外又是一片白光。

這次，我們回到了那個我再熟悉不過的地方——是我生活多年，也是我認識嵐三的地方。

老舊的牆體上噴著顏色剝落的塗鴉，豆沙紅的瓦片，晾滿衣服的陽臺，張大爺家跑了鳥的鳥籠子，丁大爺家種的花花草草……

社區裡用木頭墩子做的木凳被磨得光滑潤實。

老人們總是坐在上面下棋或者打瞌睡，等太陽滾落下沉就回屋。

還有那間永遠開著窗，沒有拉上窗簾的負二樓，裡面的人總是早上六點醒來，又總是把燈亮到深夜。我就住在那間屋裡，沒有空調暖氣，總是一個人生活。

這些往回翻的記憶，熟悉得讓人覺得陌生啊！

「嗤嗤嗤」的，發出奇怪笑聲的嵐三停住了腳步。他僵直的轉過頭。

在他的眼眶處，只有兩個血糊糊的洞。

他的嘴角咧開，吃吃的笑了起來……

綠色的斑紋從他的眼窩處蔓延開來，再龜裂，從裂口處擁擠而出的魂絲像蠕動的蚯蚓交纏在一起。

劇烈的疼痛襲遍全身。

隨即出現一道道鞭痕，空氣中彷彿有條無形的鞭子不停的落下。

忽然恢復力氣的我，從嵐三背上掙扎下來。

「嵐三！」

彷彿聽不見聲音的嵐三依然站在那裡，一動不動的望著我。一隻滑溜溜慘白的手臂穿透了嵐三的左胸！

噴濺而出的鮮血將我的視野染得一片血紅……

我呆呆的坐在地上，眼看著那只穿透嵐三左胸的手向我的胸口襲來。

一道寒風掠過，那只已經伸到我面前的手臂只剩下半截！破碎的聲音從耳邊響起，所有的一切，包括嵐三，都解離成了綠色的顆粒碎片。

它們慢慢往下聚攏……

變成那塊湖綠色的青圓石。

「阿寶哥？」

一臉關切的阿寶哥正站在我的面前，邊上還有完好無損的嵐三。

「發生了什麼？」剛才嵐三不是被穿透左胸了嗎？那只慘白的手臂穿透嵐三心臟的時候，我只有深深的絕望，哪怕明明知道剛才一直背著我往前走的嵐三並不是真的嵐三。

這一切絕不是夢——那只被切斷的手臂還在淌著暗紅色的血，手臂的主人——那具有著慘白死人臉的怪物已經變成了一堆爛肉。從它體內被擠出來的心臟也全都成了乾癟血淋淋的肉塊。

置於我枕邊的圓石外殼則佈滿了可怖的裂紋。

「小艾兄弟，對不住了……」阿寶哥低頭向我道歉。

「艾同學，抱歉沒有提前告訴你，讓你作了一次誘餌。」

「嵐三先生這樣做也是在幫助我們三角灣，但卻讓你來承受這麼大的危險，真的對不起！」

「等等……」這都什麼跟什麼啊！

「什麼誘餌？」我一頭霧水。

「還有，你胸前的洞去哪兒了？」我拍了拍嵐三的胸膛，緊實的肌肉上哪有什麼洞。

「嵐先生，你快告訴小艾兄弟吧，再不說出來，我也快憋死了。」嵐三拿出那只裝有魂絲的琉璃瓶。

「剛才你所看到的那些就是打開的魂絲裡面的憶域。所謂憶域，就是存放記憶的區域。這些憶域由魂絲控制，而魂絲本就是每個人體內的靈魂的儲集。它寄生於人魂的記憶。

本來魂絲一脫離宿主體內就會四處散落，且每一根魂絲都存留有靈魂的一段記憶，是帶有強烈情緒的記憶。被剝離或者因為寄生肉體死亡的魂絲可以通過注入一具新生命的肉體而重新得以繼續生長。當然其中的記憶也是不會被抹去的。」

「那就是說，你把這些魂絲放在了我的體內？但是我所見到的那些景象也還是我自己的記憶啊。」

「所以，這也是我選擇你的原因嘛。因為任何魂絲都無法在你體內存活，你體內有股未知的力量可以把外來不屬於你的記憶，智識都給消融掉。」

我仍然搖了搖頭，我只知道我的耳朵是很特別，但是在其他方面除了我是個病秧子外還算遜於常人外，其他不同的地方我並沒有發現啊。

「你不是天生體寒麼？」

「我還以為……」說到這裡，一直以來我都認為這只是因為我的耳朵帶來的副作用。

「組個其他力量侵入的同時也使得你的體內像是築起一道屏障，為了讓這種防禦機制得到強化，就只能削弱肉體自身的抵抗力。所以你才會體質陰寒又多病。」

「然後，我就成了你盛放魂絲的容器咯？可是，不是有這只瓶子嗎？」放著瓶子不用，不是折騰我麼……

「琉璃瓶可不會吸引無心魔。」

「這怎麼又扯上那個怪物了？」我倒是忘了這檔子事了。

「是我懇求嵐先生的，那只怪物讓祁玉失去了娘，害了丁力和米福，對我們整個三角灣來說也會是無盡災難！所以我拜託嵐先生，希望他能幫忙將那只怪物殺掉……」阿寶哥滿是愧疚的撓了撓頭。

「所以，你就直接想到用我做誘餌，可是你怎麼知道無心魔一定會攻擊我，我和圓石祭又沒有關係。」

「萬事總得嘗試一下吧。」

「混帳……」我低低的咒罵了一聲，嵐三這個混帳居然把我當成試驗的小白鼠，想到我就像被丟進水裡的魚餌一樣，被水泡得粉嗒嗒的，可能還會被吸引而來的魚咬掉半截。

氣，就不打一處來。

「艾同學，我早就告訴過你，因為它的存在，你的平靜生活只會成為永遠的過去。擁有它的你，自然倍受青睞，受那些不同尋常東西的青睞。你對無心魔的吸引力還用我說嗎？」嵐三指了指我的耳朵。

「而且，那注入你體內的魂絲是第二重保險。」

「無心魔也對這魂絲有興趣？」

「應該說是無心魔背後存在的力量對它有興趣。」

「於是你把魂絲注入我的體內，有這只雙邪耳的我加上用魂絲作為雙重保險來吸引無心魔，而且由於我的體內可以消融掉入侵的力量，所以也不用擔心魂絲的記憶紊亂我的記憶。只是，無心魔又是怎樣進入我的憶域內的？」

「這個我也不明白，按道理說精怪之類的東西一般是無法直接進入人的記憶的。除非借助有外在的力量，是我們不知道的力量。

總之，這次得多虧你了。」

「我也非常感謝嵐先生和小艾兄弟。」阿寶哥激動的握了握我和嵐三的手。

枕邊的那塊圓石又繼續掉落了好幾層殼兒。

疑惑不減反增。

在我們離開這個三角灣前，一直靠嵐三鎮魂方續命的祁玉忽然自己醒了過來，在他回憶起發生的一切後又陷入了呆滯的狀態。

「你們放心，反正我也是一個人，我也很喜歡祁玉這個孩子。等過段時間他恢復過來，如果他願意的話，我也會一直照顧著他的，就像對我自己的小孩一樣。」阿寶哥走在我們前頭。

連接發生幾場慘劇的三角灣就好像病人蒼白的臉頰，才下過雨的田裡，水往上漲了一些，就像我們來時的情景一樣，安靜。三角灣的人們仍舊還在陰影中各自緊閉門扉。

我不知道他們還會不會繼續圓石祭的獻祭，是否仍舊屈從於圓石的力量，或者說是更加畏懼那塊石頭。

我也不知道這場用生命獻祭的儀式還會不會存留下去。但是有的時候，信仰也就像寄生人體的蟲蟲。

哪怕過程慘烈殘忍，百般折磨，但卻讓人無法脫離。

「謝謝，再會兩位！」

阿寶哥又一次深深的彎下了腰，然後離開了。

微露的天光將阿寶哥的肩部打下銳利的光線。

「走吧。」

也許所有的偶然也是必然。

本以為這段事已經暫告段落，直到那塊圓石再次出現……

寄生・黑羽

回到家後的我和嵐三，依舊和原來一樣。他外出，我在家寫稿。

事情又起波瀾則要從那只忽然掉落下來的小包談起。

嵐三曾經用來包盛魂絲的琉璃瓶的小包好像自從被嵐三放在他的房間後我就沒再見到它了。

在嵐三出門後的上午，我照舊坐在沙發上在鍵盤上敲敲打打，已經重複得讓我覺得無比枯燥的按鍵聲——劈劈啪啪的，全是它們的聲音。

直到一聲細微闖了進來。是東西滾落的聲音，聲音的來源在嵐三的房間。

我輕輕扭開嵐三房門的把手，他從來不給他的房間上鎖，因為他的房間實在是簡單得一覽無餘——幾大口箱子的書，一個小黑匣，一隻裝衣物的行李箱。和他來時的情景還是一樣。而且他也不反對我進來，用他的話說這是方便我好收他的換洗衣物。

作為房東的我有責任為房客解決基本的生活服務問題……

而且他的房間裡根本也沒什麼值得看的地方，即便有，對於我這個一向對熱鬧和窺視打量別人生活從無興致的無趣人來說，祕密在我面前，是安全的。

床上的被子折得整整齊齊的，陽光從打開的窗戶中瀉進來，在木板上投出淺色陰影。箱子被排放在衣櫃邊，寫字臺上放著幾本厚厚的書，其中一本倒扣著放在一張白色稿紙上。

而那只不知從何處掉落的小包正靜靜的躺在寫字臺腳邊，黑色的絨布被撐得鼓鼓的。形狀比之前大了好幾倍。

我蹲下身，正準備撿起來，忽然，布裡一陣窸窸窣窣的響……

那塊圓石自己，從裡面滾了出來。

本應該留在三角灣的青圓石為什麼會出現在這裡？嵐三帶回它來做什麼？那阿寶哥知道嗎，會是嵐三私自拿走了它？

面前的這塊青圓石，湖綠色的石面上佈滿著龜裂後的紋路，在三角灣就已經裂開的洞又變大了些，裡面蜂窩狀的小孔已經完完全全漏了出來。

它的表面還有一層新鮮未乾的黏液，嵐三把什麼東西給了這塊石頭？阿寶哥說過這塊石頭並不是沒有生命的物體，而是一個活物。所以，這些聲音會是它為了吸引我而發出來的嗎？

我還記得在阿寶哥家起夜的那天晚上，它發出的綠色螢光，發出的咿吱咿吱，從我身上湧起的氣流從石頭裡拉扯出的白色魂絲，當然還有我見到的那些奇怪的畫面……

被囚禁渾身鞭痕的男人。

那個沒有眼睛的男人……

這一切之間，彷彿冥冥之中的聯繫正悄悄締結。

我小心翼翼的包好絨布裡的石頭，這東西出現得莫名其妙的，該把它放回哪裡呢？乾脆就放在寫字桌上好了，等嵐三回頭問起，我也好把這件事問個清楚。從嵐三房間出來，回到沙發上的我再也靜不下心來了。

那細碎的聲響沒有絲毫停下來的跡象。

從三角灣回來後，我察覺到了左耳捕捉聲音的力量變得更為敏銳，我不知道這種變化因何而起。而且嵐三也開始變得不對勁起來，雖然之間隱約的覺察到了這一點，但是直到這一點變得越來越明顯，我才真正開始留意起他的反常。

雖然他仍然和往常一樣早上外出，夜深回來，但是他從未停止的晨跑卻中斷了──他總是一臉疲態，和我之間的對話愈來愈少，甚至今天，連和我一句話的交談也沒有。

更讓我在意的，是他的眼睛。

原本幽深如潭的雙眼因為充血變得渾濁，漆黑的瞳色褪成了鐵灰色，而他看我的目光裡多了陌生戒備。

就像換了個人，但他又確實是嵐三，說話的時候他仍舊叫我「艾同學」。

再看向窗外時，外面已經點上了路燈。

家裡的食物已經吃完了，我拿上錢包和鑰匙打算去附近的超市買一些吃食。

藍地讓人酒醉的天快完全暗下來了，小飯館裡喝酒的人興致勃勃的劃拳，圍坐在一旁的女人們一邊刷著手機，一邊聊著八卦。火鍋濃烈的牛油和辣椒混合出讓人欲罷不能的香味。

因為堵車，馬路上已經排起了車隊長龍。

我提著一大袋東西從超市的扶梯上來。天黑了。

對於這個城市，入夜過後的城市才剛剛是另一個新城市的開始──夜場的酒吧亮起了絢麗的燈牌，入口放起了迷幻的音樂。通宵營業的二十四小時便利店的白熾燈泡，顏色不刺眼，正適合不休息的深夜。

抬頭看看這片巨大的黑布，無窮無盡，把我們包覆在裡面。

黑布動了。

一片輕柔的黑色羽毛飄落下來，正好落在我的鼻頭上。

天，下起了一場「黑」雨。

一場黑色羽毛的雨。

它們打著旋兒，晃晃悠悠的著陸。

「是羽毛雨誒，太浪漫了！」

「黑色的浪漫個什麼，晦氣得很！」一路過的男子拉著明顯沉浸在這片羽毛雨帶來的「浪漫」中而異常興奮的女友，一邊嘟噥著繼續往前走。

我仔細看了看手掌心的那根羽毛——純粹的黑色，連羽毛的根部也不例外。不知道是什麼樣的鳥才會長有這樣的羽毛。這些羽毛雨估計會上明天早間新聞的頭條吧。

頂著這場特殊的黑雨，再回到家，已經七點半了。出門時沒關的電視機裡此刻響起新聞聯播結束的音樂，客廳的燈開開著一盞。嵐三還沒回來。

外面的羽毛雨也停了，從開始下羽毛到我回家，差不多共一個新聞聯播的內容長度。

我的衣兜裡仍然揣著那根落在我鼻頭的黑羽，離開窗戶，我轉身進了廚房。現在對於我來說解決吃飯才是最重要的事，一小把雞蛋麵，幾朵青菜，一把蔥和鹽成了我的晚餐——我的淡口味不止一次被人取笑為「老婆婆老太爺的味覺」。

我倒不氣惱。

喝完最後一口湯，胃終於發出飽足的信號，收拾完碗具後，我又回到沙發上繼續敲字。

今天是我交稿前的最後一天，但是我拖著還有一大半沒有完成。雜誌社的編輯白天都快把我家的電話打爆了，好在我平日從未出現讓雜誌開天窗的情況，而且寫的故事一直反響不錯，所以一番狂轟濫炸的催稿後，晚上也得了清靜。只要我按時交稿就行了。

嵐三曾經問我為什麼總在沙發上敲字，明明家裡又不是沒有寫字臺。我想也許是因為我的房間窗戶正對著一片荒涼的景色吧。

我無法在光禿禿的東西面前寫故事。

我喜歡熱鬧的聲音，它讓我覺得只要伸手，我就能觸碰到這個真實的世界吧。

不知道過了有多久，我的眼睛開始發酸，眼皮也變得重起來。我抬抬酸疼的手臂，手指敲出最後的「結束」。

稿子終於完成了。牆上的指標已經全部合攏在一條線上。十二點整。

我起身動了動僵硬的四肢。

窗外的夜深透了。

一陣倦意襲來，我正合上電腦準備回房休息。

忽然，窗戶上發出「啪」的一聲，像是有什麼東西打在了上面。

我打開窗戶，探出頭去，什麼也沒有。

「啪」又一聲清脆的聲音，這次窗面上出現了一道開花的裂紋。緊接著像是觸發了機關槍似的，連續擊打窗面的聲音啪啪啪的在窗戶上開出一個個洞，但是卻看不到任何可以造成這些洞的東西。

一股奇怪的風從那些洞孔裡竄了進來，透骨的寒冷讓我打了個哆嗦。外面的樹在突起的風中左搖右擺的發出吼叫。我只得連忙拉上窗簾。

之前的睡意被這冷風早吹散了。

我重新打開電腦，打算再寫點什麼，可是無奈大腦只有空白。

「這些羽毛會從哪裡來？」明知道無論再瞧多少遍也瞧不出什麼名堂的我，還是掏出那根黑色的羽毛。

會是烏鴉還是其他什麼鳥身上的羽毛嗎？盯著它久了，竟然覺得眼前的這根羽毛好像出現了一顆米粒兒大小的白點……

我揉了揉眼。

那個光點並不是我的幻覺！它正慢慢的擴大，被光籠罩的地方變成了白色的雪絮，待整根羽毛都化為白色的羽狀雪絮後。

它慢慢的融進了我的手掌裡，消失不見了……

而我的手心並沒有留下任何哪怕是雪融化後的濕潤的痕跡。

整個房間裡像凝結的冰塊，幽冷無聲。面前的電腦螢幕上閃著藍色的光。

我抬頭。

看到的是一雙陰鷙的眼睛！隨即黑影一閃而過，讓人無法看清的……

是會飛的東西……

像是一片灰色裡出現的紅光，它們來回掃來掃去，微熱的溫度打在眼皮上，我費力打開雙眼。從小窗透進來的陽光已經驅走了沙發上大部分的陰影。
已經九點了？我六點的生物鐘意外失效了。我的頭傳來一陣一陣的暈痛。
這窗戶怎麼好好的？昨晚它不是被打得全是小洞嗎？
「醒了？」
嵐三從他的房間裡走出來。
「昨晚回來看見你在沙發上睡著了，沒叫醒你。」
我低頭看看我身上蓋著的毯子。
「你昨晚什麼時候回來的？」
「在你睡著之後。」
這不是廢話麼……
「昨晚沒有刮大風嗎？」
「沒有。」
「下雨呢？有沒有下一場奇怪的雨？」
嵐三搖了搖頭。
「怎麼，又遇上什麼怪事了？」
「……也許是最近寫故事多了，做了場夢而已……」我沒有告訴嵐三我昨晚遇到的怪事，而且讓我奇怪的是，嵐三並沒有問我是否動過他房間裡的那塊石頭。
「你這幾天都在忙什麼啊？」我打算主動先問問。

「除了做和我這個職業相關的事外還能是什麼。」

「對，你上次在三角灣找到的那只蓮花琉璃瓶還在嗎？」

「我沒有帶回來。我把它和那塊青石又重新埋在那座墳裡了。」

說謊……

那塊圓石明明就放在他的房間裡。

「你問這個幹什麼？」嵐三微微眯了眯眼。

「我不是在連載專欄嘛，我正打算把那只琉璃瓶加進去做素材，所以問問你。」

嵐三像是鬆了口氣般，有些緊繃的臉鬆動了下來。

「你最近好像很疲憊，是遇上什麼棘手的事了？」嵐三有些青黑的眼圈讓他整個人看起來想塊長期不見光陰黴了的木頭。

「我沒關係，管好你自己就行了。」說完，嵐三轉身，「還有，最近沒事不要進我的房間。」

他是發現了我進過他房間了？但是為什麼沒有直接詢問我？

「嵐三，你有見過黑色的雨嗎？」

「有。」

「在哪裡？」

「地獄。」

嵐三的聲音裡聽不出任何起伏的情緒，他打開門，黑色頎長的身影消失在門後。

我打開電視，並沒有看到新聞裡有任何提到昨晚下的黑色羽毛雨的隻言片語。

難道一切都是我的夢嗎？

但是那根羽毛，躺在我手心的那根輕盈的羽毛，觸感卻是那麼真實啊。

最後它化成了白雪融進了我的手心裡。

我攤開手掌。在我的掌心裡，出現了一條線。它依著掌紋，像條彎曲的小蟲。

輕輕的蠕動著……

這些事，會是衝著我來的嗎？

無論是窗面上那些消失的洞、出現的黑雨、昨晚閃過的黑影，甚至是這條由羽毛變成融進我皮膚裡的蟲，所有的一切都彷彿只是讓我看見。

就連昨天自己滾落的青圓石也好像是故意出現在我的面前。

嵐三帶回這塊石頭到底是為了什麼呢？

猜不透。

把自己完全封閉起來的嵐三，讓我更是無法看清了。和原來不一樣，即便原來的嵐三對我有所保留，但是他願意展露在我面前的部分一定是真實的。

而現在他的情緒卻只是模糊，模棱兩可。

就連我原來所認識、所熟悉的部分也被重新覆蓋了起來。

於我來說，嵐三是個什麼樣的存在呢？

這個和我認識時間並不長，卻給我枯燥人生裡帶來一絲光亮的人。我從不相信偶然，正如我認識嵐三，從一開始我心裡就明白這並非巧合。

但是我選擇忽略心裡一直以來的疑慮。我還記得嵐零，那個外形和嵐三相像，但卻陰狠邪鷙的男人。

他說過，嵐三會把我推向萬劫不復的深淵。

不管怎樣，我都不會再像過去的近三十年的時間裡那樣，隨波逐流。這次，我會選擇主動去尋找。

至少可以離真相更近一點。

既然嵐三不告訴我，那我就自己去想法子。等他再出去時，悄悄跟上去。

心裡一旦打定了主意，人頓時覺得有了方向。

下午的柏油路在光照下發出機油的氣味。來來往往的人都拉著斜長的影子。馬路對面穿著紅色太極服，敲著鼓的老年人方隊正抬著「房子大減價」的招牌從街上走過。

賣著各種小吃的小攤上站滿了飢餓的食客，分發傳單的小弟跑來跑去，我不過才站了一會，手裡就已經接滿了各式的宣傳單——不外乎是些小吃方面或者商品打折資訊的廣告。

還真是麻煩啊。

往常我是最不喜歡這些擁擠的地方，今天卻意外的想來閒逛一番。走了這樣一下午，我竟然沒有半分不適。

看來，最近的我也有了變化吧。

一直到了傍晚的時候，我才抱著幾盆植物回到了家。

出門時反鎖上的門已經打開了，看來嵐三提前回來了。我打算繼續裝作什麼事都沒發生。

果然，嵐三的鞋正躺在門口，這傢伙什麼時候成這德性了……一向愛好潔淨的嵐三平時最見不得髒亂無序的環境，更不許自己邋邋遢遢。

我提起他的鞋子，準備把它移到鞋架上。他鞋子上黏上的東西吸引了我的注意力──是塊極黏的黑色泥土，用手怎樣都扣不下來呢，簡直比磁鐵吸石還頑強。

他去哪兒黏上的這些東西？

我的心中對嵐三去的地方更是充滿了好奇，要悄悄跟隨他一探究竟的想法也變得無比強烈。

回到客廳，我把才買的幾盆植物放在了客廳朝陽的小木架上，那裡陽光最為充足，是整個房間光照最好的地方。雖然我也不明白今天為什麼會不由自主的掏錢買下面前的這些花草。也許人有的時候，就是這樣莫名其妙吧。

像莫名其妙的變成了另外一個人。

冰箱裡還有些吃剩的飯菜，我打算熱熱當做晚飯。

從廚房出來，嵐三的門仍然關著。

「嵐三，吃飯了。」

我叩了叩門，屋裡並沒有響動。我試著擰了擰把手，門竟然開了。房間裡沒有見到嵐三，還是和我之前看到的情形一樣。

就好像根本沒有居住的感覺。

他去哪兒了？

我從嵐三的房間裡退了出來，嚼著剩菜，像嚼了滿嘴的沙礫一樣，無味難吃。

「回來了？」

嵐三從剛剛明明沒人的房間裡走了出來。

「你一直在房間裡？」

「恩，忙著在屋裡找資料。」嵐三坐到我旁邊。

「那還沒吃飯吧？」

「不用了，我不餓。」

嵐三讓我自己先吃。面對嵐三，我竟然第一次覺得異常的生疏。手心微微的發熱，酥癢的感覺冰冰的。手指觸到掌心凸起的異物——是那根像蟲子般的黑線吧。

好像又長大了點……

「最近的你，我有點看不清了。」嵐三盯著我。這應該是我想說的話才對吧……

「有股黑色的氣，雖然還不夠濃，但是已經快將你包圍起來了。最近真的沒有什麼奇怪的事發生麼？」

「還記得我之前問過你的『黑色的雨』嗎？」雖然嵐三最近讓我總覺得怪怪的，而且剛剛又忽然從沒有人的房間裡走出來，但是我還是打算把我之前遇到的怪事告訴他。

「黑色羽毛雨？」

「對。」

「黑羽化雨，入地腐泥，為死兆。」

「你之前說你見過黑雨……」

「地獄。」

「什麼模樣的地獄？」書裡關於無間煉獄的記載雖作為傳奇，異談流傳，但我並不否認它的存在。我的左耳聽過來自於地獄裡的受刑之聲。

鬼泣怒斥，慘烈無比。

「你無法想像的黑暗。」嵐三的臉上仿若冰霜。

「死兆又是什麼？」

「黑雨所下的羽毛是黑羽鴉的羽毛。這黑羽鴉為死之鳥，以亡靈腐肉為食。可生攫物之精魄。會因為死亡的血腥而更興奮。它以不斷的殺戮來作為能量積蓄。所以它被稱為地獄之鳥。除了它帶來無盡的死亡之外，也是因為黑羽鴉是衍生於地獄泥沼，它所降落之地會隨之腐蝕為黑土，黑土之地寸草不生。而黑羽鴉所出現的地方，為死兆之地。災禍和死亡會隨即發生。」

「那些羽毛如果落在人身上會發生什麼？」我捏了捏掌心裡那根凸起的由黑羽化作的黑線。

「黑羽由地獄而來，帶有無可化解的死氣，常人身上不能承接這黑羽，而黑羽也並不會真正落在人的身上。」

「是因為黑羽的死氣和人身上的生氣相斥的緣故？」

「不是。因為這黑羽所化為的黑雨為虛幻之景，真正有的只有一支羽毛。這支羽毛為黑羽鴉的集靈羽，因為某些原因墮地的黑羽鴉會拔落身上的這根集靈羽。拔掉集靈羽的黑羽鴉會喪失它的力量，而帶有黑羽鴉力量的這根集靈羽會找到合適的寄生地。

它會寄生直至獲至足夠的力量可以重新回到黑羽鴉身上。」

「如果……我說如果……它寄生在人的身上，被寄生的人會怎麼樣？」

「成為『死者』，帶來無盡的死亡……」

嵐三抬起雙眼，兩道血痕從血紅的眸子裡蜿蜒而下……

（本集完）

【後記】兒時的魑魅魍魎，偶然成真
——《雙邪耳》的構思和誕生

雖然之前我寫的一直是類似於雜文散文之類的書，出版的也是散文，但是對於怪奇妖怪的文化卻是從小一直就莫名熱愛的，和從小喜歡看恐怖故事、推理故事一樣。

兒時的我，在爺爺奶奶身邊長大，很小很小的時候就喜歡纏著爺爺給我講很多民間故事—尤其喜歡類似鍾馗捉鬼、道路鬼之類的鬼怪故事。也可以說，是我的爺爺給了我一塊恣意想像的土壤。看碟片、買怪談故事的雜誌、童年近百分之七十的噩夢幾乎構成了我的整個童年。我也從因為看鬼怪故事太多而總是陰影不斷到可以冷靜的鑒析一個故事一段影片的優劣。

而雙邪耳的誕生契機來源於此。

我很早之前就有想寫過一個故事——也就是文中第二個故事《櫃夭》的原型。櫃子裡面的靈異聲音來源於我小時候的親身經歷。我曾在櫃子邊聽見裡面傳來的清晰低沉的男聲，成了我記憶中不可磨滅的一段回憶，儘管說出來總會有很多人不相信。但是也感謝這段經歷讓我埋下了將這個故事寫下來的種子，並最終潤色成可以被更多人看見的怪談故事，將這些突如其來的碎片化的想法實現。

包括《雙邪耳》裡的枕靈、時隙偷、黑羽等故事也都或多或少的有著其他怪談故事（日本的百鬼圖集和國內的一些怪奇故事）有趣的身影，有的源於一段神話傳說，有的還是自己在漫長跑馬途中的一個奇思。

說到這裡，就不得不提到《雙邪耳》這個故事的兩位主人公：艾言寧和嵐三。這是對性格從某種程度上很相似的一對搭檔。本意塑造成像眾多故事裡的兩級反差較大的搭檔那樣，一個插科打諢，一個靜若明鏡。可惜寫著寫著人就走偏了。性格走偏了。

在孤兒院長大的艾言寧是個不喜歡太過親近的人，應該是不太習慣親近和情感的熱絡。性格自認為不孤僻，其實卻是個表面儘量不和周遭脫節，而實際卻本就是個實打實的孤僻狂。總會偶爾時不時的幾番感慨，幾句好似看得淡薄的廢話，是個被自己能聽見異音的耳朵折磨得疲累，不愛運動不喜歡現代科技的老幹部。他在享受孤獨的同時，也因為這些來自於異世界的聲音而害怕孤獨，只是他要將自己偽裝得很好。因為沒有情緒的波瀾就不會過於期待，所以也就不會有過多的牽絆和掛念。直到他遇見嵐三。

嵐三這個人，名字也很有意思的。嵐字，山風嵐，有山之穩沉厚重，也有風之如飄忽難以捉摸。嵐字也是從我的名字裡拉出來使用的一個字。除了我自己的本名，夏嵐，是我乾爹給的我另一個名字。恰好這個字正符合嵐三這個人有趣的性格，所以就用了嵐。「三」，一生二，二生三，三生萬物，三字給嵐三，也許是因為相連於後面揭曉的嵐三的身世吧。這個總是一身黑衣，仿佛從黑夜中來的男人，瘦削剛毅，眼睛總是沒有情緒的，一眼望人卻又看不到底。他不惜一切保護艾言寧，對於他來說，在他的性格裡沒有那麼多大義凜然，他要的只是要他所要保護人的安全。對於潛意識裡「求生」欲念強烈的艾言寧來說，嵐三恰好相反。有能夠看到預知資訊眼睛的嵐三，也是絕非偶然，涉及到故事後面洩底的話，我就只能就此打住了。只能說，他和艾言寧之間的淵源真的是很深。

總之，談到《雙邪耳》，總是會有很多話想要說，但真要仔細說出來，又顯得零散雜亂了。這個故事應該是集有我的孩時記憶，我心裡的那塊怪奇之地的集成者吧。每個小故事裡出現的人物或者情節設置，尤其是一些風俗，也並非我自己的杜撰。因為有了一定的現實存在的支撐，所以才讓我寫這些故事的時候，能夠比較順利，讓一些怪點子能夠蜿蜒伸展併發展出一個脈絡。文中每個故事裡所遺留的疑惑其實會在下一本作品中有一個解答。

除去文章之外呢，我還特別想感謝一下幾個朋友。一個是林斯諺，知道斯諺是好多年前了，那時我還在念中學，作為《歲月・推理》的老讀者，意外的看到了斯諺同學的文章，一是喜歡他的推理作品，而是因為他的名字讓我一度以為是個筆名。後來通過新浪微博結識（看到他和島田老師的合影，個人特別喜歡島田老師），有過一小段時間的交談後，也算結緣吧。後來我也給斯諺同學在推理雜誌上的文章畫過插圖，更是有幸給斯諺同學的《雨夜送葬曲》的英文版畫了封面，也算了了我的一個小心願。非常感謝斯諺同學忙中耐心的看完我的文章，在給我鼓勵的同時，更是提出他「邏輯縝密」觸覺的意見，總之多擔待哩XD。

提到斯諺同學也要提到張渝歌同學，同樣是通過《歲月推理》認識，一樣是熱愛文字熱愛寫作的少年，之前有收到渝歌同學寄來他的作品，很喜歡渝歌同學作品裡的文學味。同樣在我的寫作之路上，很感謝渝歌的加油。

最後，要感謝的是我的編輯，Heero喬同學，看完我的不成熟的推理作品後還能給我肯定和支持，並一直到我的這部《雙邪耳》的誕生，從寫第一個故事就鼓勵我寫完，寫下去，否則以我拖拉的尿性，可能就會就此把這個系列封沉吧。中途還一直給我傳故事素材，甚至同意讓我嘗試繪製自己新書的封面，這個可以出自己的書，並自己給自己的書畫圖的願望，終於實現了。真的很感動。很感謝。

最後，也希望這部作品可以得到喜愛，不足之處，請見諒。我也會繼續寫下去，寫更多好的故事，跑更多的馬。

王怡

釀冒險21　PG1646

雙邪耳

作　　者　王　怡
責任編輯　喬齊安
圖文排版　周妤靜
封面設計　蔡瑋筠

出版策劃　釀出版
製作發行　秀威資訊科技股份有限公司
114 台北市內湖區瑞光路76巷65號1樓
電話：+886-2-2796-3638　傳真：+886-2-2796-1377
服務信箱：service@showwe.com.tw
http://www.showwe.com.tw
郵政劃撥　19563868　戶名：秀威資訊科技股份有限公司
展售門市　國家書店【松江門市】
104 台北市中山區松江路209號1樓
電話：+886-2-2518-0207　傳真：+886-2-2518-0778
網路訂購　秀威網路書店：http://store.showwe.tw
國家網路書店：http://www.govbooks.com.tw
法律顧問　毛國樑　律師
總 經 銷　聯合發行股份有限公司
231新北市新店區寶橋路235巷6弄6號4F
電話：+886-2-2917-8022　傳真：+886-2-2915-6275

出版日期　2017年11月　BOD一版
定　　價　300元

Printed in Taiwan

國家圖書館出版品預行編目

雙邪耳 / 王怡著. -- 一版. -- 臺北市 : 醸出版,
2017.11
面； 公分. -- (醸冒險 ; 21)
BOD版
ISBN 978-986-445-225-5(平裝)

857.7 106017114

讀者回函卡

感謝您購買本書，為提升服務品質，請填妥以下資料，將讀者回函卡直接寄回或傳真本公司，收到您的寶貴意見後，我們會收藏記錄及檢討，謝謝！

如您需要了解本公司最新出版書目、購書優惠或企劃活動，歡迎您上網查詢或下載相關資料：http:// www.showwe.com.tw

您購買的書名：________________________________

出生日期：________年________月________日

學歷：□高中(含)以下　□大專　□研究所(含)以上

職業：□製造業　□金融業　□資訊業　□軍警　□傳播業　□自由業

　　　□服務業　□公務員　□教職　□學生　□家管　□其它____

購書地點：□網路書店　□實體書店　□書展　□郵購　□贈閱　□其他

您從何得知本書的消息？

□網路書店　□實體書店　□網路搜尋　□電子報　□書訊　□雜誌

□傳播媒體　□親友推薦　□網站推薦　□部落格　□其他________

您對本書的評價：(請填代號　1.非常滿意　2.滿意　3.尚可　4.再改進)

封面設計____　版面編排____　內容____　文／譯筆____　價格____

讀完書後您覺得：

□很有收穫　□有收穫　□收穫不多　□沒收穫

對我們的建議：________________________________

____

____

____

請貼
郵票

11466
台北市內湖區瑞光路 76 巷 65 號 1 樓
秀威資訊科技股份有限公司 收
BOD 數位出版事業部

（請沿線對折寄回，謝謝！）

姓　　名：＿＿＿＿＿＿＿＿　年齡：＿＿＿＿　性別：□女　□男

郵遞區號：□□□□□

地　　址：＿＿＿＿＿＿＿＿＿＿＿＿＿＿＿＿

聯絡電話：(日) ＿＿＿＿＿＿＿＿ (夜) ＿＿＿＿＿＿＿＿

E-mail：＿＿＿＿＿＿＿＿＿＿＿＿＿＿＿＿